Dr. Dallas Apol
Foreign Language
Dordt College
Sioux Center, IA 51250

Juan Valera's

PEPITA JIMÉNEZ

Simplified and Adapted by
Dr. Alberto Romo

With Exercises for Study and Vocabulary Drill
The vocabulary range of this book is 1,300 words

REGENTS PUBLISHING COMPANY, INC.

Copyright © 1967 by
Regents Publishing Company, Inc.

All rights reserved. No part of this book may be reproduced in any form without permission in writing from the publisher.

Published by
Regents Publishing Company, Inc.
2 Park Avenue
New York, N.Y. 10016

Printed in the United States of America

ISBN 0-88345-127-1   8-85

PREFACE

Learning to read in a foreign language one is studying is not only its greatest pleasure; it is also infinitely rewarding. Yet, despite this self-evident truth, there is very little material available for the student whose vocabulary is limited, that he can enjoy reading.

To help remedy this surprising situation, I have undertaken to simplify and adapt five of the great Spanish Classics. *Pepita Jiménez* is the second of these.

This edition has a vocabulary of only 1,300 words. The sentence structures are simple and yet sufficiently varied to retain the flavor of the original, without monotony. Long descriptive passages and the philosophical emphasis which were popular in the writing of a previous era, have been eliminated. What I have left for the student is a fast-moving story that holds his interest and makes him want to go on reading.

The other books in this series are of equal stature. They are widely known to Spanish-speaking people and to students of Spanish literature throughout the world. Each of the five books that make up this series has been carefully selected on the basis of its absorbing plot and its high reader interest.

Since the aim in these books is to enhance the student's knowledge as well as to give him pleasure, abundant exercises are included to allow for practice in conversation, vocabulary retention and idiomatic usage. The last section is a complete Spanish-English vocabulary of the words used in each book.

It is the hope of the author and publisher that these unusual adaptations will give pleasure and profit to American students and to others who need Spanish readers that conform to their level of proficiency in the language.

—A. R.

Juan Valera

EL AUTOR: Su vida y su obra.

Juan Valera, poeta, periodista, crítico y novelista español y una de las figuras principales del Realismo en España, nació en Cabra, provincia de Córdoba, en 1827. Durante su larga vida, pues murió en 1905, se dedicó a todas estas labores literarias que compartió con la Diplomacia, a la que dedicó gran parte de su vida.

Al poco tiempo de haber terminado sus estudios en Málaga y Granada, realizó un viaje acompañando al Duque de Rivas, quien era entonces Embajador en Nápoles. Viajó por muchos países de Europa. Sus labores literarias y los viajes lo convirtieron en un hombre de gran cultura. Fue Embajador en Portugal, Washington y Bruselas. Dominaba varias lenguas, entre ellas el griego y el latín, lo que le sirvió para realizar muchos estudios clásicos.

Cuando ocurrió la Revolución de 1868 fue uno de los que ofreció la corona de España a Amadeo de Saboya. Decepcionado de la vida política se dedicó a los estudios literarios. La guerra entre España y los Estados Unidos lo decepcionó aún más, al ver como su patria perdía su antiguo poderío.

En los últimos años de su vida perdió la vista y ello le produjo una gran amargura. A pesar de eso, siguió trabajando en sus estudios literarios hasta que la muerte lo sorprendió en 1905, en plena labor.

Lo más notable y conocido de su obra son sus novelas, aunque también cultivó el cuento y la poesía y es autor de valiosas traducciones.

Obras
- Colección de Cuentos
- Canciones, romances y poesías
- Traducciones

Novelas
- "Pepita Jimenez"
- "Doña Luz"
- "El Comendador Mendoza"
- "Las ilusiones del Doctor Faustino"
- "Juanita la Larga"
- "Morsamor"

PEPITA JIMENEZ

A) Motivo de la obra.—

Juan Valera, autor de "Pepita Jiménez", trata de explicar, antes del comienzo de la obra, el asunto que le sirvió de inspiración para la misma. Como si se tratara de un hecho ocurrido en la vida real, nos dice en dicho prólogo que al morir el Señor Deán de la Catedral de . . ., se encontró en su habitación, entre otras cosas, un grupo de papeles que, rodando de mano en mano, cayeron en poder del autor. Este, al abrirlo, vio una oración latina que le llamó la atención y que decía: "Nescit labi virtus" ("La virtud no conoce mancha".) Quizás esa fue la razón de que los papeles no se perdieran, pues muchos creyeron que se trataba de algún asunto religioso.

Al comenzar a leerlos, el autor vio que estaban divididos en tres partes: Cartas de mi sobrino, Paralipómenos y Epílogo (Cartas de mi hermano).

El autor explica que todo aparece escrito con la misma letra y que él pensó que se trataba de una novela que estaba haciendo el Señor Deán. Pero, al leer el asunto, comprendió que no existía tal novela y que las cartas eran verdaderas. La parte que recibe el nombre de "Paralipómenos" parece ser obra del Señor Deán para completar el asunto que aparece en las cartas.

El autor confiesa que se ha interesado por estos papeles y ha decidido darlos a conocer cambiando sólo los nombres de los personajes para evitar que, si éstos viven, no vean sus propias vidas tratadas en una novela.

Las cartas de la primera parte parecen escritas por un joven de pocos años, sin conocimiento práctico del mundo, educado junto a su tío el Señor Deán y decidido a ser sacerdote.

A ese joven el autor le llama Luis de Vargas.

El prólogo que aparece antes del comienzo de la obra es, sin duda alguna, un pretexto del autor para explicar el motivo de que la primera parte de la misma esté escrita en forma epistolar, o sea, por medio de cartas de Don Luis de Vargas a su tío.

El asunto de "Pepita Jiménez", como el de la mayor parte de las novelas de Valera, se inspira en hechos reales vividos o conocidos por el autor. En este caso, en un recuerdo familiar: el de

Doña Dolores Valera y Viaña y el joven Felipe Ulloa. Dicha señorita se casó con un hombre de mayor edad que ella; pero el gran amor de su vida fue el joven Ulloa que estudiaba en el Seminario. Ya viuda, Doña Dolores actuó en forma muy parecida a la de Pepita Jiménez en sus relaciones con Luis de Vargas.

B) Carácter de la obra.—

"Pepita Jiménez" fue la primera novela española moderna que llamó la atención de los extranjeros, afirma Fitzmaurice Kelly. El propio autor había dicho que su obra se le había ocurrido por la lectura de libros místicos y religiosos españoles. Con un estilo propio, muy bello, logró Valera hacer una obra inspirada en las ideas religiosas de Fray Luis de León y de Santa Teresa. No vaya a creerse, a pesar de eso, que se trata de una obra religiosa. Por el contrario, es el romance de un joven seminarista, Don Luis de Vargas, quien decide abandonar la vida religiosa para casarse con Pepita Jiménez. Esta es una joven viuda de 20 años que con su gracia, belleza e inteligencia logra desengañar al joven de su ideal místico y lo hace caer en la trampa del amor humano. Todo ello ocurre entre paseos al campo, reuniones de pueblo y bellas pinturas de ambiente andaluz, que supo narrar el gran novelista con mano maestra.

"Pepita Jiménez" aparece en 1874, un poco antes que "El Escándalo" de Pedro A. de Alarcón. Aunque en ambas obras existe la preocupación sobre motivos religiosos, sin duda alguna Valera mira más al futuro que Alarcón y se ve más claro el cambio del protagonista que va del amor místico al amor humano, lo que prueba que el autor conocía en una forma profunda las intimidades del alma humana.

En "Pepita Jiménez" domina un ambiente de alegre costumbrismo. El autor mismo decía que "una novela hermosa debe ser poesía y no historia; esto es, debe pintar las cosas no como son, sino más bellas de lo que son, llenándolas de un luz que tenga cierto hechizo".

Eso es "Pepita Jiménez", una novela fácil, amena, de estilo claro y elegante. Con un asunto sencillo, la novela desarrolla un profundo motivo psicológico. El cambio espiritual de Luis de Vargas se va haciendo notable en las cartas a su tío y en el momento en que la acción llega a su punto más agudo, la narración (Paralipómenos) sustituye a la forma epistolar.

En el ambiente de un pueblo andaluz se desarrolla el motivo de la novela. Pepita es la voz eterna de la Naturaleza y el amor que se enfrenta a los propósitos místicos del joven Vargas. La obra es eso, la lucha que ocurre en el alma del protagonista entre el deseo y el deber y termina con el triunfo del amor en su más pura manifestación.

"Pepita Jiménez", escrita en forma epistolar —género preferido del autor, donde éste encontró el medio favorable para convertirse en un gran novelista— es, sin duda alguna, la obra maestra de Juan Valera.

C) Los personajes.—

Pepita Jiménez.— Joven viuda y rica a quien todos los mozos del lugar enamoran. Don Pedro de Vargas, padre de Luis, también desea casarse con ella y piensa que tiene mayores oportunidades que los otros. Pepita es una buena mujer, de origen pobre, que se casó siendo muy joven con un hombre mucho mayor que ella para salvar la honra de su familia. De ella puede decirse que no es ni un ángel de bondad ni un demonio del mal, como a veces la imagina Luis de Vargas. Es sólo una mujer que ama y defiende su amor.

Luis de Vargas.— Joven de 22 años, hijo de Don Pedro de Vargas. Piensa que su destino es ser sacerdote y ésa es la única idea que encierra en su alma y la única razón de su vida. Está dispuesto a luchar y a vencer contra todo lo que se oponga a ello. En las cartas que le escribe a su tío siempre deja ver la duda que lo atormenta, y a través de ellas se comprende que Luis de Vargas, sin darse cuenta, se ha ido enamorando de Pepita. Termina por rechazar su idea de dedicar su vida a Dios para casarse con la mujer que ama.

Don Pedro de Vargas.— Es el padre de Luis de Vargas y el hombre más rico del lugar, conocido por sus aventuras amorosas. Aunque ya no es muy joven, todavía es fuerte y su gran deseo es casarse con Pepita de la que se ha enamorado. Pretende hacerla su esposa, pero al comprender que Pepita ama a Luis se siente feliz por ello y cede el empeño a su hijo.

El señor Vicario.— Amigo y padre espiritual de Pepita a la que siempre está alabando por su bondad y buenas acciones. Hombre sencillo de pueblo, se hace gran amigo de Luis al creer que éste va a ser un buen sacerdote; pero al conocer que Luis y Pepita se han enamorado se opone a estas relaciones. Más tarde comprende las poderosas razones de este amor y termina aceptando el matrimonio de los jóvenes.

Antoñona.— Es el ama de llaves de Pepita Jiménez. Mujer muy hábil y querida en todo el lugar. Es ella la que logra que Luis vuelva a casa de Pepita y con su habilidad consigue que el joven se dé cuenta de que le es imposible rechazar el amor de la muchacha.

Currito.— Primo de Luis de Vargas e hijo de Doña Casilda.

Doña Casilda.— Es la tía de Luis de Vargas.

Conde de Genazahar.— Es uno de los que tratan de conseguir el amor de Pepita. Al verse rechazado por ésta se siente despreciado y comienza a hablar mal de ella. Se convierte en rival de Luis y termina por recibir un fuerte castigo de manos de éste.

El médico, el boticario, el escribano, Don Gumersindo y Doña Francisca de Gálvez, son otros personajes de la obra.

PRIMERA PARTE
CARTAS DE MI SOBRINO

La acción.

La primera parte de la obra aparece en forma de cartas escritas por un joven, a quien el autor llama Luis de Vargas, quien se está preparando para ser sacerdote. La acción ocurre en un lugar de Andalucía, en el sur de España. El joven le escribe varias cartas a su tío el Deán y en ellas le explica cómo se siente, pues antes de dedicar su vida a Dios ha ido a pasar varios meses junto a su padre, quien es el hombre más rico de la región.

A través de las cartas, Luis de Vargas cuenta a su tío su opinión acerca del lugar; de como lo han recibido después de una ausencia de más de diez años; sus relaciones de amistad con el Señor Vicario y sobre todo con Pepita Jiménez, una joven viuda de quien todos los hombres están enamorados, entre ellos el propio padre de Luis, a pesar de que ya no es un hombre joven.

El joven le cuenta a su tío las aventuras que le ocurren en su primer encuentro con Pepita y las visitas que realiza a casa de ésta. Le pide consejos a su tío, pues comprende que, sin apenas él darse cuenta, se está alejando de su verdadera idea de dedicar su vida a Dios. Los paseos, visitas y juegos le hacen olvidar sus rezos y obligaciones. Aprende a jugar a las cartas y a montar a caballo y en su alma hay una lucha terrible entre el amor humano y el amor divino. Comprende que en las cartas a su tío habla mucho de Pepita y se va dando cuenta de que se ha enamorado de ella, aunque a veces se lo niegue a sí mismo.

Al principio rechaza esta idea y piensa que sólo se trata de una fuerte amistad que ha nacido entre él y Pepita, pero cree ver en ella una mirada distinta y comprende que ella también lo ama.

Al sentirse lleno de temor ante la idea de convertirse en el rival de su padre, piensa sólo en huir y así se lo hace saber a su tío. En un encuentro a solas con Pepita, ambos se besan y en ese momento Luis lo comprende todo. Decide que la única salida que le queda es la huída y como no se atreve a contarle la verdad a su padre, le pide que le permita marcharse del lugar, ya que sólo desea volver al Seminario y a sus estudios para llegar a convertirse en un buen sacerdote.

I

El joven Luis de Vargas, quien piensa dedicarse a sacerdote, va a pasar unos meses junto a su padre. Escribe a su tío y maestro y le cuenta lo que le ha parecido el lugar de su nacimiento, cómo todos lo tratan con afecto y desean hacerle agradable su estancia; pero se queja de que las visitas y paseos no le permiten dedicarse a sus estudios y a la oración. En su carta se refiere a Pepita Jiménez, una joven viuda del lugar, a quien el padre de Luis enamora. Hace una historia de la vida de la joven y dice que tiene muchos deseos de conocerla, pues piensa que pronto va a ser la esposa de su padre. Le cuenta a su tío acerca de varias dudas que lo atormentan en relación con el propósito que tiene de dedicar su vida a Dios y por último le pide consejos.

22 de marzo

Mi querido tío y maestro:

Hace cuatro días que llegué a este lugar de mi nacimiento. He encontrado muy bien a mi padre, al señor Vicario y a todos los amigos y conocidos. La alegría de estar reunidos todos, después de tantos años, no me ha permitido escribirle a usted antes, como eran mis deseos. Espero que sepa perdonarme.

Como usted sabe, salí de aquí siendo un niño y ahora regreso, ya hombre. Le diré lo que me ha parecido el lugar.

Es algo distinto a como yo lo recordaba. Todo me parece más pequeño, pero también más bonito que el recuerdo que tenía. Encuentro muy bellas las huertas del lugar. Nunca las había visto más hermosas. Todo en ellas es bello: los caminos, el agua, las flores. Todas las tardes me paseo por ellas un par de horas.

He recibido muchas visitas. Todos me llaman Luisito o el niño de Don Pedro, aunque ya tengo 22 años. No he tenido aún tiempo de leer los libros que he traído. Mi padre es el hombre más importante de aquí y nadie comprende mi deseo de llegar a ser sacerdote. Dicen que eso está bien para los pobres; pero que yo debiera olvidar eso y pensar en casarme, como corresponde a un rico heredero.

Para adularnos a mi padre y a mí dicen que soy un gran mozo y alaban mi figura. Eso no me agrada, pues usted conoce mis deseos de dedicar mi vida por entero a Dios.

Mañana estoy invitado a comer en casa de la famosa Pepita Jiménez, de quien creo usted habrá oído hablar. Todos saben que mi padre la enamora. Mi padre, a pesar de sus cincuenta y cinco años, es tan fuerte como el mejor mozo y además tiene fama de ser un eterno conquistador. No conozco aún a Pepita; pero todos dicen que es muy bella. Tendrá unos veinte años, es viuda y sólo estuvo tres años casada. Era hija de Doña Francisca Gálvez. Hasta los diez y seis años vivió con su madre en la mayor pobreza, casi en la miseria. Tenía un tío llamado Don Gumersindo. No es que fuera un hombre muy rico, pero sólo vivió para guardar dinero en forma tal que logró reunir algunos pesos. Vivió hasta los ochenta años y nunca se había casado. No se le había conocido una mujer de quien pudiera decirse que había estado enamorado.

La madre de Pepita quería mucho a su hija, pero se quejaba de los sacrificios que hacía por ésta y de la vida miserable que llevaban. Tenía además un hijo, el que por su mala cabeza había sido un problema para ellas. Lo envió a La Habana y allí logró colocarlo, pero siempre estaba recibiendo cartas en las que le decía que había perdido el trabajo y donde le pedía dinero. La madre sólo pensaba en un buen matrimonio para la hija que las sacara de esa miseria.

En esa situación, comenzó Don Gumersindo a visitar la casa de Pepita y a decirle a ésta palabras que dejaban ver algo de sus intenciones. Aunque nadie pensaba que aquel hombre, que había llegado a los ochenta años sin casarse, estuviera dispuesto a hacerlo a esa edad.

Un día, cuando menos ellas lo esperaban, Don Gumersindo preguntó de pronto a Pepita: "Muchacha, ¿quieres casarte conmigo?" Pepita no contestó nada. La madre contestó por ella: "Niña, no seas malcriada; contesta a tu tío lo que debes contestar: Tío, con mucho gusto, cuando usted quiera".

Ese "Tío, con mucho gusto, cuando usted quiera" lo repitió después muchas veces Pepita.

Creo que me estoy extendiendo mucho hablándole a usted de Pepita Jiménez; pero vale la pena hacerlo, pues como usted sabe aquí aseguran que pronto va a ser la esposa de mi padre.

Pepita se casó con Don Gumersindo y en el lugar no se habló de otra cosa durante mucho tiempo. Muchos afirmaban que lo había hecho por dinero. Yo creo que lo hizo a ruegos de su madre y para salvar a su hermano. Tal vez ella comprendió que casarse con ese hombre era dedicar su vida a cuidarle en sus últimos años.

Se sabe que vivió en santa paz con el viejo durante tres años y que le cuidó y atendió hasta que él murió en sus brazos, dejándole todo su dinero.

Hace más de dos años que perdió a su madre y más de un año y medio que quedó viuda. La vida retirada que lleva hace pensar que llora la muerte del esposo como si éste hubiera sido un real mozo.

Viendo a Pepita con dinero y, además joven y hermosa, es natural que todos los mozos del lugar deseen hacerla su esposa. Pero ella ha rechazado uno a uno a todos los que se le han acercado. Mi padre es, quizás entre todos, al que Pepita ha dado mayores esperanzas.

Confieso que tengo muchos deseos de conocerla, pues sólo oigo hablar de ella. No creo que en esto haya nada de pecado por parte mía, pues deseo que mi padre encuentre una mujer que lo haga feliz. Por esto solamente quiero conocer a Pepita para ver si es ella la mujer que puede lograrlo.

Si no pensara yo ser sacerdote, preferiría que mi padre no se volviera a casar; pero usted conoce mis firmes deseos de dedicarme a Dios. Los bienes de esta tierra no me atraen y sólo deseo llevar la fe a los más lejanos lugares de la tierra. Espero que lo lograré pronto. Usted mismo me aconsejó que pasara un tiempo con mi padre antes de tomar esa decisión.

Creáme, no me mueve orgullo alguno, ni pienso que soy superior a otros hombres. El poder de la fe que siento dentro de mí y la gracia que creo que Dios me ha dado, sólo se lo debo a usted. Nada más que hay un pensamiento que me atormenta y que no me atrevo a confesarme a mi mismo, pero a pesar de ello quiero decírselo a usted. No debo ocultarle nada. Usted me ha enseñado que se debe buscar la verdad de lo que sentimos.

Yo le agradezco mucho a usted que me haya dado a conocer la existencia del bien y del mal, para así desear mucho más el primero y saber rechazar el segundo, luchando y enfrentándome con él hasta vencerlo.

También quiero tratar a usted otro asunto que me tiene bastante confuso y no sé cómo explicarlo. A veces me pregunto si esta idea mía de ser sacerdote será porque siento en mí la llamada de Dios o, por el contrario, tendrá algo que ver con las relaciones con mi padre. Como usted sabe, él hizo sufrir mucho, con su vida llena de amoríos, a mi madre y yo me pregunto si he sabido perdonarlo. No hallo en mi corazón odio hacia él. Mi padre me ha criado con amor. A la edad de diez años me envió con usted, a quien debo todo cuanto soy. Si en mi vida hay algo de bueno y honrado, a usted sólo se lo debo. Quiero mucho a mi padre, pero, a pesar de ello, me atormenta la idea de que en mi deseo de ser sacerdote se esconda algo más que un puro deseo de entregar mi vida a Dios. Pienso si quizás en el fondo de mi alma, no he sabido perdonar a mi padre lo que mi madre le perdonó. Será por ello que he decidido no recibir el dinero de él.

Esto me atormenta, pues a veces pienso que de no haber tomado yo la decisión de ser sacerdote, hubiera aceptado el dinero de mi padre.

Adiós, tío. Le escribiré con mayor frecuencia, como usted me lo ha pedido, aunque quizás no sea tan extenso como hoy.

El joven le habla a su tío de sus deseos de marcharse, pero le dice que su padre quiere que permanezca un tiempo allí.

II

Le cuenta que ha conocido a Pepita Jiménez y que le ha parecido una gran mujer. Describe la figura de ésta y sobre todo los halagos que a ella le dedican su padre y el Señor Vicario. Don Pedro de Vargas le ha dicho a su hijo que desea casarse con la joven pero que ésta lo rechaza. Luis se refiere en la carta a su tío de un caso que le ha contado el Señor Vicario, sobre un consejo que le ha pedido a éste una mujer del lugar, y que él sospecha que se trata de Pepita Jiménez.

28 de marzo

Me estoy cansando de este lugar y cada día siento más deseos de volver con usted, pero mi padre quiere que permanezca por lo menos dos meses aquí. El es tan bueno conmigo que es imposible no darle ese gusto y lo acompaño a todos los lugares, aun a cazar.

Trato de parecer más alegre de lo que en realidad soy. Le confieso que no me siento bien aquí y que deseo volver a su lado lo más pronto posible.

Hace tres días, como ya le anuncié a usted, fue la comida en casa de Pepita Jiménez. Yo no la había conocido hasta ese día; me pareció tan hermosa como dicen y vi que trata de agradar a mi padre con gran dulzura. Como es posible que se case con mi padre, la he mirado con mucha atención y me ha parecido una mujer extraordinaria. Hay en ella como una paz que parece que nace de la pureza de su alma. Tiene algo que la distingue y la separa de cuanto la rodea. No viste el traje de las mozas del pueblo, ni tampoco el de las mujeres de la ciudad; mezcla ambos estilos en su vestir, de manera que parece una señora, pero una señora de pueblo pequeño. Sus manos son blancas y parecen dos palomas que trataran de huir.

Su casa es muy hermosa y no hay en ella nada de mal gusto. En la sala principal hay una imagen del niño Jesús, blanco y rubio, con ojos azules. Su vestido es blanco, con un manto azul lleno de estrellas de oro y está cubierto de joyas. Su altar está lleno de flores.

No se puede negar que es una mujer discreta; no hizo ninguna pregunta sobre mi idea de dedicar mi vida a Dios. Habló conmigo de las cosas del lugar, en forma natural, sin mostrar deseos de parecer muy entendida. Estaban presentes en la reunión mi padre, el médico, el escribano y el señor Vicario, gran amigo de Pepita.

El señor Vicario me habló mucho de ella en varias oportunidades, de su caridad, de lo buena que era con todo el mundo, en fin, me dijo que era una santa.

Oyendo al señor Vicario, no puedo menos que desear que mi padre se case con Pepita.

Cuando regresamos de casa de Pepita, mi padre me habló de que él había llevado una vida llena de aventuras amorosas y que sólo veía en Pepita la tranquilidad que él deseaba para los últimos años de su vida. Me dijo que él era muy rico y que podía dejarle dinero a todos sus hijos, si los hubiera tenido.

Yo le respondí que necesitaba muy poco dinero y que la felicidad mayor para mí sería verlo casado con una mujer buena que lo hiciera feliz. Me habló luego de sus esperanzas amorosas y se hubiera dicha en ese momento que yo era el padre, y él un joven de mi edad más o menos. Me contó lo difícil que era el triunfo y me habló de todos los jóvenes que merecían ser aceptados y que, a pesar de ello, Pepita había rechazado.

Él también había sido rechazado en varias ocasiones, pero de una forma tal que aún podía tener esperanzas. Pepita le tenía tan gran afecto que si aquello no era amor, se le parecía mucho. La culpa del rechazo por parte de Pepita, según mi padre, era el orgullo de ella, ya que imagina que su alma está llena de un místico amor a Dios y no ha encontrado aún un ser humano que pueda satisfacer ese amor.

Tales son, querido tío, los problemas de mi padre en este pueblo y las cosas tan extrañas que me vienen ocurriendo a mí.

Aquí tengo fama de ser hombre de consejo y muchos han venido para contarme sus problemas. Hasta el señor Vicario me ha contado algunos casos difíciles que se le han presentado. Mucho me ha llamado la atención uno de estos casos. Se trata de una mujer que se siente atraída hacia la vida de oración y soledad, pero teme ella que esto sea sólo orgullo de su parte. ¿Será que esta mujer cree que su alma vale más que las de los demás y que la hermosura de su mente es superior a la de los otros seres humanos?

Sobre este caso tan difícil, y más aun para una mujer de pueblo, ha venido a tratarme el señor Vicario. Yo no he querido, de primera intención, dar mi opinión, pero él ha insistido y no he podido por menos que tratar el asunto. He dicho que creo que esta mujer debe mirar a los hombres que la rodean con mayor caridad, que debe ver en cada ser humano un alma en cuyo fondo hay virtudes, un ser, en fin, hecho a imagen de Dios.

Amando a las criaturas por lo que son y más de lo que son y no creyendo en ningún momento ser superior a ellas, antes bien mirando en el fondo de nuestras almas para descubrir todas nuestras faltas y pecados y tratando de ser bondadosos, el corazón se sentirá lleno de afecto y no despreciará a los otros seres.

Si como sospecho es Pepita Jiménez la mujer que ha pedido consejo al señor Vicario sobre estas dudas que la atormentan, creo que mi padre no puede tener aun grandes esperanzas; pero si el señor Vicario le da mi consejo y ella lo acepta, es posible que llegue un día no muy lejano en que acepte el amor que mi padre le ofrece que en nada es inferior al de ella.

III

El joven Vargas confiesa a su tío que debido a la vida que lleva no tiene tiempo de leer, ni de estudiar, ni aun de rezar. Comprende que está sintiendo afecto hacia cosas a las que antes no daba importancia, mientras que su deseo principal, que es dedicar su vida a Dios y amarle por sobre todas las cosas, ya no es tan fuerte en él como antes. Le dice que hasta ese momento sólo había conocido una clase de amor, el amor a Dios, y que ahora comprende que aunque no lo desea, le está tomando afecto a las cosas de la tierra.

4 de abril

Le confieso que comienzo a tener deseos de marcharme de este lugar. Como paseo mucho y voy al campo y a fiestas, no leo un libro y apenas tengo un momento libre para pensar. Como la razón de mi vida eran esos pensamientos, nada de lo que hago ahora me agrada.

Otra de las causas de que no me sienta tranquilo es el deseo, que cada día es mayor en mí, de dedicar mi vida a Dios. Me parece que en estos momentos, cuando se halla tan cerca la realización del sueño de mi vida, no debo ocupar mi mente en otras cosas.

Tanto me atormenta esta idea y tanto pienso en ella, que la admiración que sentía por la belleza de las cosas creadas, por el cielo tan lleno de estrellas en estas hermosas noches de Andalucía, por estos alegres campos y por estas hermosas huertas con tantos mansos arroyos y flores, esta admiración que en otro tiempo me parecía que podía compartirse con el sentimiento religioso, hoy encuentro que es un olvido de lo eterno y me pregunto atormentado por la duda, ¿qué he hecho yo, Dios mío, para merecer la gracia de comprenderte?

Sé que hoy en día los que no creen en Dios dicen que nuestra religión mueve las almas para que lleguen a odiar la naturaleza, a temerla más bien, encerrando todo su amor en el amor a Dios porque creen que el alma se ama a sí misma amando a Dios. Yo sé que no es así, que el amor divino es la caridad y que amar a Dios es amarlo todo, porque todo está en Dios y Dios está en todo.

Yo sé que no es pecado amar las cosas creadas por Dios porque ellas no son más que la obra de El. A pesar de ello siento un extraño temor que me atormenta ahora, cuando siento admiración al contemplar el silencio de la noche, al ver las flores o al mirar las estrellas.

Me parece que eso me hace olvidar mi sagrado deber. No quiero yo llegar a odiar la carne, pero tampoco deseo que la hermosura de la carne o el silencio de la noche, lleguen a vencer mi amor hacia quien ha creado toda la hermosura de este mundo.

Sé que todas las cosas de esta tierra son como las palabras de un libro donde el alma puede entrar y leer y descubrir en ellas la hermosura de Dios. Porque me digo: Si amo la belleza de las cosas de la tierra debo amarlas como representación de una hermosura que es mil veces superior a todas ellas.

Hace pocos días cumplí 22 años. Tal ha sido hasta ahora mi fe religiosa, que no he sentido más amor que el amor divino, el amor a Dios que quisiera ver triunfar en toda la tierra. Confieso que hay algo de orgullo en mi amor y usted lo sabe. Se lo he dicho muchas veces y me ha contestado siempre que el hombre no es un ángel. El amor a la ciencia, a la propia gloria, todo ello con sentido cristiano y dirigido a buen fin, es algo noble.

Pero le confieso que no es esto lo que hoy me atormenta, sino todo lo contrario. Siento una facilidad tan grande para las lágrimas que lloro al contemplar una bella flor o una estrella brillar en el cielo. Y eso, se lo repito, me da miedo.

Dígame usted qué piensa de estas cosas. Espero su consejo.

IV

Luis de Vargas le cuenta a su tío que su padre le pide que lo acompañe a todos los lugares y que él trata de que todos crean que se siente feliz allí. Le dice que Pepita Jiménez los invitó a visitar una hermosa huerta que tiene y todo lo que ocurrió durante esa visita. Le dedica muchos halagos a la belleza de Pepita, pero a la vez le confiesa que siente temor al pensar que ya su piedad religiosa no es como antes y le pide a su tío y maestro que le dé consejos para poder volver a ser el hombre que era antes.

★

8 de abril

He acompañado a mi padre a conocer todos los lugares. Mi padre y sus amigos se extrañan de que yo conozca las cosas del campo. Para ellos, un futuro sacerdote no tiene obligación de conocer estas cosas. ¡Cuánto se han sorprendido de que yo sepa distinguir unos árboles de otros!

Pepita Jiménez, que ha sabido por mi padre que a mí me gustan mucho las huertas, nos ha invitado a conocer una que tiene y a comer las fresas que en ella se dan.

Ayer por la tarde fuimos a la huerta de Pepita. Es un hermoso lugar. El río pasa por la huerta y el agua, cuando salta, cae en un abismo donde hay hermosos árboles. El agua, al caer, forma espuma y luego sigue en forma tortuosa y en sus orillas hay mil flores de distintas clases, sobre todo rosas.

La casa del hortelano es hermosa y al lado de ella está la pequeña casa del dueño de la huerta, donde comimos las fresas que Pepita nos dió.

Fuimos a la reunión el médico, el escribano, mi tía Doña Casilda, mi padre y yo, sin faltar el Señor Vicario, padre espiritual de Pepita.

Dos hermosas muchachas, criadas de Pepita, nos sirvieron las fresas. Llevaban bellos trajes de muchos colores y cada una de ellas adornaba sus cabellos con hermosas rosas.

El traje de Pepita era de color negro y tenía la misma forma que el de las criadas. No llevaba ni flor, ni joya, ni más adorno que sus propios cabellos rubios. Usaba guantes y en eso se distinguía de las otras muchachas. Ella cuida mucha sus manos que son muy blancas y hermosas. ¡Es tan distinguido tener unas hermosas manos! La mano es el medio por donde la inteligencia da a conocer sus pensamientos. Las blancas manos de Pepita parecen el símbolo del dominio que tiene el espíritu humano sobre el cuerpo. Parece imposible creer que el que tiene manos como Pepita pueda encerrar un pensamiento que no sea puro.

Mi padre, como siempre, cortés y atento con ella, que se mostró igual con él, aunque con un afecto de amiga que mi padre no desea. El, al verla, apenas se atreve a decirle "qué bellos ojos tienes" y si lo dijera sería verdad, pues son muy hermosos los ojos verdes de Pepita Jiménez, sobre todo la dulce mirada que encierra en

ellos. Se diría que ella cree que los ojos sirven para ver y nada más que para ver. Los ojos de Pepita están llenos de dulzura y de caridad. Miran con afecto una flor, un rayo de luz, un animal pequeño o grande, pero aun más a cualquier ser humano, joven o viejo, mujer u hombre. A veces pienso si en ella todo es mentira. Pepita, sin duda, amó a su madre primero y después a Don Gumersindo por deber, como al compañero de su vida; y luego amó a Dios y a todas las cosas por amor a Dios.

A veces me pregunto a mí mismo si yo sé lo que pasa en el alma de esta mujer. ¿Acaso al creer que veo su alma es la mía la que veo? Yo no tengo pasión alguna que vencer. Todos mis sentimientos, buenos o malos, han sido dirigidos por usted. Al lograr mis deseos satisfaría no sólo mis sentimientos más nobles, sino también otros más mundanos como mi amor a la gloria, mi deseo de saber, de conocer nuevas tierras, de ganar fama y nombre. Por eso a veces pienso que soy peor que Pepita. Pero esta mujer ¿qué quiere? Creo que hace mal porque cuida sus manos, su belleza. ¿Será tal vez que esto pienso porque va a ser la esposa de mi padre? ¿Pero si no quiere serlo? ¿Si no quiere a mi padre? Aunque las mujeres son extrañas y quizás acepte ser su esposa algún día. En fin, ya veremos.

La reunión en la huerta fue muy agradable. Se habló de flores, de frutas, en fin de todo. Pepita mostró sus conocimientos frente a mi padre y a mí mismo y el Vicario se sorprendió al oirla hablar y no hacía más que alabarla. Y jura que nunca ha conocido una mujer como Pepita.

Cuando volvemos a la casa siempre hablo con mi padre de mi viaje para reunirme de nuevo con usted. Pero él se siente tan bien contándome todos sus problemas que piensa que debo permanecer un tiempo a su lado.

Temo que esta vida aquí, junto a mi padre, me esté volviendo duro al hacer mis oraciones; mi piedad religiosa no es la misma de antes, como si algo nuevo y desconocido hubiera entrado en mí. Cuando rezo me distraigo, no pongo en mí todo el amor a Dios que debo. En cambio, pongo atención en cosas sin importancia. Si me despierto en la noche y oigo a un campesino cantarle a su amada, me siento feliz. A veces, cosas que antes no me llamaban la atención ahora me atraen: una flor, una canción o un animal.

En fin, querido tío, como confío en usted, le cuento estas cosas y le hago ver que necesito volver a su lado, a mi vida de estudios y lograr ser un buen sacerdote y poder dedicar por entero mi vida a Dios.

V

En esta carta Don Luis le dice a su tío que entre él y el Señor Vicario ha nacido una gran amistad y que ambos reciben consejos el uno del otro. El Vicario siempre le habla de Pepita Jiménez y de la gran bondad que se encierra en el corazón de esta mujer. A pesar de ello el joven dice que a veces lo atormenta cierto temor, ya que no sabe por qué causa piensa que Pepita no es sincera, pero que todos la quieren en el lugar y ven en ella a un ser superior.

14 de abril

Sigo haciendo la misma vida de siempre y permanezco aquí sólo por los ruegos de mi padre.

El placer mayor que tengo aquí, después del de vivir con mi padre, es el trato del señor Vicario con quien doy largos paseos. Parece imposible que un hombre de su edad sea tan fuerte como él. En nuestros largos paseos me canso mucho más que él y no hay lugar por alejado y peligroso que éste sea al que no se atreva a llegar.

Ahora, al conocer al señor Vicario, puedo decirle a usted que he cambiado la opinión que tenía de los sacerdotes españoles. Cuanto más lo trato, más comprendo su alma llena de buenos deseos y de inocencia.

No se puede decir de él que sea un hombre que haya leído mucho; en cambio, en su alma se encuentran encerrados el fuego de la caridad unido a la fe más sincera y más pura que he conocido. El oye con gran atención todo lo que digo y me parece que me entiende perfectamente y que sabe unir el amor que siente por nuestra religión al de todas las cosas buenas que el mundo moderno nos ha traído. Me gusta mucho su manera de ser tan sencilla y llena de caridad. Trata siempre de ayudar a los que nada tienen.

Para todo esto, debo confesarlo, cuenta con la ayuda sincera de Pepita Jiménez, a quien siempre está alabando por sus bondades. Pepita ha hecho muchas buenas obras. No sólo da para los pobres, sino también para todas las fiestas de la Iglesia. Las flores que adornan los altares, las hace traer Pepita de su huerta. El manto que lleva la Virgen es un regalo de Pepita. Cuando hablo de mis estudios, de mi idea de ser sacerdote, el señor Vicario me oye con atención. Cuando es él quien habla y yo quien oigo siempre habla de Pepita. Y al fin, ¿de quién me ha de hablar el señor Vicario? Nada importante puede decirse de los demás. En cambio, ¿cuántas cosas no pueden decirse de esa maravillosa mujer que es Pepita Jiménez?

El me ha dicho que Pepita ha leído muy buenos libros. Los problemas que Pepita le presenta le abren nuevos caminos. El padre Vicario sabe que muchas de las preguntas que Pepita le hace son peligrosas, pero tiene fe en Dios y sabe que El lo ayudará y que Pepita seguirá sus consejos. Ambos sienten un gran amor por la Virgen.

Por lo que me ha dicho el padre Vicario, a pesar de que ella no lo deja ver, hay en el alma de Pepita un gran dolor. Pepita amó a Don Gumersindo como al hombre a quien todo se lo debe, pero la atormenta el recuerdo de que fue su esposo.

El padre Vicario dice que Pepita adora al niño Jesús como a su Dios, pero lo ama con un sentimiento de madre.

Le digo a usted que no sé que pensar de todo esto. ¡Conozco tan poco a las mujeres! Lo que me cuenta el padre Vicario de Pepita me sorprende. Creo que Pepita es buena pero, a veces siento cierto temor por mi padre. Sé que él está enamorado de ella y no se si ella será una buena mujer para él. A veces me pregunto si a pesar de las buenas obras de Pepita, de sus rezos, de sus oraciones y sus regalos a la Iglesia —en todo lo cual se funda el afecto que siente el padre Vicario por ella— no habrá algo de malo en esta mujer, que hace que todos la amen, entre ellos mi padre y el señor Vicario.

Todos la quieren. Los niños van a verla las pocas veces que ella sale a la calle y le besan las manos, las mozas le sonríen y los hombres sienten hacia ella la más natural y sencilla simpatía. Hay algo extraño en esta mujer.

Pepita aparece ante todos como un ser superior, como un ser llegado de tierras extrañas, por el que todos sienten un gran afecto casi místico. Yo, sin darme cuenta, he caído en lo mismo y sólo hablo a usted de Pepita Jiménez, como lo hace el señor Vicario.

Pero es natural, aquí todos hablan de ella. Se diría que el lugar está todo lleno de ella y que está presente en todas partes. Hay en esta mujer una gran sinceridad. No hay más que verla para creerlo así. Todo en ella es perfecto: su figura, su andar, su carácter, su dulzura, en fin no sé que decirle.

¡Cuánto siento haber venido aquí y haberme quedado tanto tiempo! Había pasado toda mi vida junto a usted en el Seminario. No había visto ni tratado más que a mis compañeros y maestros. Y de pronto, me veo lanzado en un mundo desconocido, en medio de algo que yo no había sentido nunca. Puedo decirle que me siento muy confuso.

VI

El joven le agradece a su tío los consejos que éste le da en sus cartas y confiesa que en él hay mucho de orgullo. Le promete que no hará mucha amistad con Pepita y que si él le habla tanto de ella su sus cartas, ello se debe a que sólo oye halagos de esta mujer en labios de su padre y del Señor Vicario. Le confiesa que él no está enamorado de Pepita y que sólo ve en ella a una gran amiga, pero que no puede dejar de ver la belleza de la joven. Cree que ella no podrá enamorarse nunca de él, ya que conoce sus deseos de llegar a ser sacerdote.

20 de abril

Las últimas cartas de usted, querido tío, han sido una gran ayuda para mi alma. Usted siempre, tan lleno de bondad hacia mí, me ha aconsejado y me ha hecho advertencias útiles.

Es verdad, tiene usted razón. Yo quiero llegar al fin sin andar antes paso a paso por el difícil camino. ¿Cómo sin lograr la pureza, cómo sin ver la luz, he de conseguir el amor divino?

Hay mucho de orgullo en mí y Dios debe castigarme por ello.

Razón tiene usted cuando me aconseja que no haga mucha

amistad con Pepita Jiménez; pero quiero decirle que no me siento tan unido a ella como usted cree. Yo sé que hombres religiosos y santos tuvieron amistad con mujeres, pero cuando ello ocurrió, ya se había probado que la fe de ellos era muy grande. Pero sé que así y todo se puede pecar, porque sólo Dios debe ocupar nuestra alma como único dueño y cualquier otro ser estará muy por debajo de El.

No crea usted que yo busco el peligro; todo lo contrario, le temo. Si Salomón a pesar de ser un sabio cayó en el pecado, ¿cómo no debo yo temer siendo tan joven y con tan poca experiencia en las luchas de la virtud?

Temo a Dios y a mí mismo. No olvidaré sus consejos. Rezaré mucho para llegar a odiar los placeres de la tierra; pero le aseguro a usted que ahora, por mucho que busque en mi alma, no descubro nada que me haga temer lo que usted teme.

Si en mis cartas encuentra usted muchos halagos para el alma de Pepita Jiménez, la culpa es de mi padre y del señor Vicario, ya que al principio no diré que la odiaba, pero tampoco sentía nada por ella.

En cuanto a la belleza de Pepita, crea usted que lo he considerado todo con pensamiento limpio. Y aunque me cueste trabajo decirlo, y aunque a usted le duela un poco, le confesaré que si alguna mancha hay en el espejo de mi alma ha sido la sospecha de usted que me ha llevado a que yo mismo piense mal.

Pero no. ¿Qué he pensado yo, qué he mirado, qué he alabado en Pepita que alguien pueda imaginar que siento por ella algo que no sea amistad y la inocente admiración que despierta en nosotros algo maravilloso, y más si se trata de una obra creada por Dios Nuestro Señor?

Por otra parte, querido tío, yo tengo que vivir en el mundo, tengo que tratar a las gentes, tengo que verlas y no puedo cerrar los ojos. Usted me ha dicho muchas veces que me quiere ver llevando la palabra de Dios a todas partes; no dedicado a la vida mística y solitaria. Ahora bien, si esto es así, ¿qué puedo yo hacer para no ver a Pepita? ¿cerrar los ojos cuando está delante de mí? ¿no ver la hermosura de sus ojos, de su cara, de sus dientes que descubre cuando sonríe, de sus labios, la frente serena y otras mil cosas que Dios ha puesto en ella? Yo, que conozco bien el peligro, no tengo que temer. Usted sabe que pienso que la mejor manera de luchar es enfrentarse con él, nunca huir ante su presencia. No

lo dude usted, yo veo en Pepita una hermosa criatura de Dios, y nada más; y por ello la amo como a una hermana. Si ella me atrae, sólo es por las palabras que oigo de ella en labios de mi padre y del señor Vicario.

Por amor a mi padre deseo que Pepita acepte ser su esposa; pero si creyera que se trata solamente de un capricho de mi padre, prefiero que Pepita no lo acepte y cuando yo estuviese muy lejos de aquí, en India o en Japón, le escribiría a ella recordándola. Y cuando, ya viejo, regresara a estos lugares, me gustaría hablar con ella, ya vieja también, como hoy lo hace ella con el señor Vicario.

Hoy, como soy mozo, apenas me acerco a Pepita. Le hablo poco y prefiero lucir torpe a dar la menor ocasión de sentir por ella lo que no debo.

En cuanto a Pepita, pienso que usted está equivocado. ¿Qué idea puede hacerse con un hombre que dentro de dos o tres meses va a ser sacerdote? Ella, que ha despreciado a tantos, ¿por qué habría de enamorarse de mí? Me conozco bien y sé que no puedo despertar una pasión. Si a todos los que la enamoran los ha despreciado, ¿cómo ha de quererme a mí? ¿cómo va a querer hacerme abandonar mi idea de dedicar mi vida a Dios, llegando a perderme? No, no es posible. Yo creo que Pepita es buena.

Perdóneme usted si me defiendo con calor y la defiendo a ella.

Yo no me quejo de los consejos que usted me da, gran parte de los cuales acepto y pienso seguir. Si va usted más allá de lo justo, se debe al interés que se toma en mí y que yo agradezco de todo corazón.

VII

En esta carta Don Luis le pide perdón a su tío por los días que hace que no le escribe, pero le cuenta que por ser el hijo del hombre más rico del lugar, todos se ofrecen para acompañarle a fiestas y paseos y ello no le deja tiempo para nada. Le cuenta que su padre ha invitado a Pepita y a varios amigos a visitar la casa que tiene cerca del Pozo de la Solana y que por no saber el joven montar a caballo tuvo que ir en una mansa mula, mientras Pepita iba montada sobre un hermoso caballo, poniendo así a prueba su amor propio. Estando en el lugar, se encontró a solas con Pepita por primera vez y ella le dijo que comprendía que él estuviera triste y callado. *El joven le promete que va a aprender a montar a caballo y le dice a su tío que espera que no encuentre mal esa decisión y que sólo piensa en regresar a su lado, ya que pronto espera marcharse de allí.*

4 de mayo

Es extraño que en tantos días yo no haya tenido tiempo para escribir a usted; pero esa es la verdad. Mi padre y las visitas no me dejan descansar. Siendo el hijo del dueño y señor de este lugar de Andalucía, esto es imposible. No sólo hasta en la habitación donde escribo, sino hasta en mi propia habitación entran sin que nadie se atreva a oponerse, el señor Vicario, el escribano, mi primo Currito, hijo de Doña Casilda, y otros mil que me despiertan si estoy dormido y me llevan donde quieren.

Para quien no sueñe con la gloria, como yo, acepto que sea muy descansada y dulce la vida que se lleva aquí.

Su última carta me ha puesto un poco triste. Veo que insiste usted en sus sospechas y ya no sé que contestarle. Dice usted que la gran victoria en muchos casos consiste en la fuga, que huir es vencer. Mi padre no quiere que me vaya. Tengo que obedecerlo. Necesito vencer por otros medios y no por el de la fuga.

No hay señal de que Pepita Jiménez me quiera. Y aunque me quisiera, sería de una manera distinta a como quieren las otras mujeres.

Usted reconoce que tengo condiciones necesarias para tratar de llegar a Dios. El hombre que piensa dedicar su vida a Dios debe saber enfrentarse con situaciones difíciles, conocer las tentaciones de la tierra y aprender a vencerlas. Además de tener la gracia divina debe tener un carácter fuerte y entero.

Sí, tiene usted razón al confiar en mí y al esperar que no he de perderme. Dios me salvará y yo lucharé por salvarme con su ayuda. No me dejaré vencer por las cosas fáciles del corazón. Pero si me pierdo, puede usted estar seguro de que yo sólo seré el culpable.

En estos últimos días he puesto a prueba mi amor propio de la manera más cruel.

Mi padre quiso pagar a Pepita la visita a la huerta y la invitó a visitar el Pozo de la Solana y la casa que allí tiene. Fuimos el día 22 de abril. No olvidaré ese día.

Es un lugar situado muy lejos de aquí y sólo puede llegarse a él a caballo. Yo nunca he aprendido a montar a caballo, y siempre que he ido con mi padre lo he hecho en una mula muy mansa y noble. En este viaje fui en la misma mula. Mi padre, el escribano, el boticario y mi primo Currito iban en buenos caballos. Mi tía Doña Casilda y el señor Vicario, en mansas mulas como la mía.

En cuanto a Pepita Jiménez, no sé la razón, yo imaginaba que iría también en una mula y llegó montada en un hermoso caballo al que dominaba por completo.

Me alegré al ver a Pepita en tan hermoso caballo, pero no me agradó ir en una mansa mula. Me pareció que Pepita me miró con pena al verme sobre el animal y mi primo Currito no dejó de burlarse y de atormentarme durante todo el paseo.

Me imagino que usted se sentirá contento al conocer la prueba a que me ví sometido. Acepté todo pero ¡cuánto sufrí por dentro! Ellos corrieron y disfrutaron del paseo, mientras el señor Vicario, mi tía Casilda y yo íbamos serenos como las mulas, sin salir del paso.

El camino hasta el Pozo de la Solana es bello, pero cuando llegamos me sentí mucho más tranquilo y parecía como si fuese yo quien llevara a la mula, y no ella a mí.

Ya a pie, paseamos por todo el lugar. Hubo un momento en que Pepita y yo nos encontramos solos. Los demás se habían quedado atrás. Era la primera vez que me encontraba a solas con aquella mujer y en un lugar tan alejado. En aquellos momentos me pareció más hermosa. Pensé que la belleza de esa mujer puede desaparecer en un momento. Pero la idea de esa misma belleza es eterna y en la mente del hombre vive para siempre.

La voz de Pepita me sacó de mis pensamientos y dijo:

—¡Qué callado y triste está usted, señor Don Luis! Pienso que tal vez sea por culpa mía, ya que su padre quiso traerlo sacándolo de sus oraciones.

No sé lo que contesté a esto. Ella siguió hablando:

—Usted me ha de perdonar, pero creo que hay otra cosa por la que usted se siente mal aquí.

—¿Qué es ese algo más? —dije yo,— pues usted lo descubre todo.

—Ese algo más —dijo Pepita— no es sentimiento propio de un futuro sacerdote, pero sí de un joven de 22 años.

Al oir esto, sentí que la sangre me subía a la cara e imaginé que iba a decirme que sabía que yo estaba enamorado de ella.

—No se ofenda usted porque yo le descubra alguna falta —dijo Pepita—, usted se siente mal al oir las burlas de Currito. La culpa es del Señor Deán que no ha pensado en que usted aprenda a montar. Eso no se opone a la vida que usted piensa seguir y yo creo que su padre de usted debiera enseñarle en pocos días. Si va usted a Persia o a China, allí hay lugares donde es necesario viajar a caballo.

Quedé tan convencido con sus palabras que le prometí aprender a montar enseguida, tomando a mi padre por maestro.

—Cuando podamos reunirnos otra vez aquí, le prometo que montaré el más fuerte caballo del lugar —dije.

—Mucho me alegraré —respondió Pepita.

En esto llegaron todos al lugar donde estábamos y yo me alegré mucho de ello. Después comimos junto al arroyo y Pepita habló mucho, pero no dijo nada de lo que habíamos hablado ella y yo. Nada más ocurrió ese día que merezca contarse.

Aquella noche le dije a mi padre mi deseo de aprender a montar. No quise negarle lo que Pepita me había dicho. Mi padre me abrazó muy contento y me dijo que ya no era usted sólo mi maestro y que ahora él también iba a enseñarme algo. Me dijo que en pocos días haría de mí el mejor jinete de Andalucía.

No sé que pensará usted de este deseo mío de aprender a montar a caballo, pero creo que no verá en él nada de malo.

¡Si viera qué alegre se siente mi padre y con qué gusto me enseña! Ya salimos al campo, pero tratando de que nadie nos vea. Mi padre no quiere que me vean hasta que haya aprendido del todo. El cree que ya pronto será el día de la gran prueba.

—¡Bien se ve que eres mi hijo! —dice mi padre con orgullo.

Ayer fue Día de la Cruz y todo estuvo de fiesta. En cada calle hubo cinco o seis cruces de mayo llenas de flores, pero ninguna era tan bella como la que puso Pepita en la puerta de su casa. Era un mar de flores el que rodeaba la cruz. Por la noche hubo fiesta en su casa. De aquí en adelante recibirá todas las noches y mi padre quiere que yo vaya a las reuniones.

Tengo la esperanza de que sólo permaneceré un mes más aquí. En Junio nos iremos juntos a esa ciudad y ya usted verá cómo, libre de Pepita que no piensa en mí ni se acordará de mí para nada, tendré el gusto de abrazar a usted y de lograr la alegría de llegar a ser un buen sacerdote.

VIII

El joven Vargas le cuenta a su tío que todas las noches va a las reuniones en casa de Pepita y que allí juegan a las cartas. Como él no sabe jugar, su padre lo está enseñando y también a montar a caballo. Don Pedro se siente satisfecho al ver que le está enseñando algo a su hijo. El joven le dice a su tío que, a pesar de ello, sigue con su idea de ser sacerdote y que está seguro de que Dios lo ayudará en su lucha contra todo lo que se oponga a ello. También le dice que siente una duda muy grande pues la imagen de Pepita no lo abandona y que él pide al cielo que le cree otra imagen de un amor superior que pueda vencer la de esa mujer.

7 de mayo

Todas las noches, como ya le dije a usted, tenemos reunión en casa de Pepita Jiménez. Van cuatro o cinco señoras y señoritas del lugar, entre ellas la tía Casilda y cinco o seis jóvenes del pueblo. Como es natural hay algunos que se han hecho novios.

La gente mayor es la de siempre: mi padre, el médico, el boticario, el escribano y el señor Vicario.

Pepita juega a las cartas con mi padre, con el señor Vicario y algún otro.

Yo no sé que hacer. Si me reúno con la gente joven, no me siento bien por mi carácter. Reunirme con los mayores tampoco me agrada pues los juegos de cartas, ni los entiendo, ni me han gustado nunca.

Lo mejor sería que yo no fuese a esas reuniones, pero mi padre desea que vaya.

Mi padre se sorprende de que yo no sepa ciertas cosas. Al enterarse de que yo no sabía jugar a las cartas, ha dicho:

—Tu tío te ha educado sólo para ser sacerdote y dejándote a oscuras de lo demás que hay que saber. Por lo mismo que vas a ser sacerdote y no podrás nunca enamorar a una mujer tendrás que saber jugar a las cartas. Si no, ¿qué vas a hacer, hijo mío?

Al fin, no he sabido qué decirle y mi padre me está enseñando en casa a jugar para que en cuanto aprenda lo pueda hacer en casa de Pepita. También ha querido enseñarme algunos deportes, pero yo no he aceptado.

—¡Qué diferencia entre tu juventud y la mía!— ha dicho mi padre.

Aunque ya usted me había hablado de su manera de ser y de que por ello yo había estado con usted desde los diez a los veinte y dos años, me siento confuso, pero ¿qué he de hacer?

Mi padre es tro cuando está en casa de Pepita. Allí es todo un caballero y no se le escapa ni una sola palabra de esas que tanto repite en otros lugares. Cada día parece más enamorado de ella y con mayores esperanzas de triunfo.

El asegura que dentro de cuatro o cinco días podré montar en *Lucero*, caballo negro, hijo de un caballo árabe.

—Quien logre dominar a *Lucero*, ya puede montar cualquier otro caballo— dice mi padre con orgullo.

Aunque me paso todo el día en el campo a caballo, en el Casino o en la reunión en casa de Pepita, robo algunas horas al sueño y pienso y trato de buscar en lo más profundo de mi conciencia. La imagen de Pepita está siempre presente en mi alma. ¿Será esto amor? me pregunto.

Mi promesa de dedicar mi vida a Dios está ahí presente y lucharé contra cualquier cosa que se oponga.

Desde luego no quiero que me crea usted orgulloso, pero sé y estoy seguro de que mi voluntad es fuerte. La imagen de Pepita está presente en mí. Pero es su espíritu quien le hace la guerra a mi espíritu. Es la hermosura de ella en toda su pureza, la que no me permite llegar a Dios.

Veo claro. Por encima de esta idea espiritual que me acerca a Pepita está el amor de lo eterno. Aunque yo trate de representarme a Pepita como una idea, como algo espiritual, no deja de ser más que eso, una idea de algo limitado y concreto, mientras que el amor a Dios lo comprende todo. A pesar de los esfuerzos que hago no logro representarme la idea de ese amor superior para que luche con la imagen, con el recuerdo de lo que me atormenta. Pido al cielo que me cree un símbolo de eso que todo lo comprende a fin de que apague la imagen, el recuerdo de esta mujer; pero ese símbolo sería algo oscuro, como unas tinieblas, frente a ella que se me presenta ahí, clara, verdadera, como un rayo de sol.

No creo que estoy herido de eso que llaman amor y si así fuera, lucharía y vencería. La figura de esa mujer y lo que oigo decir de ella, aun en labios del señor Vicario, me tienen preocupado; pero no, yo no la amo aún. Estoy seguro de que no amo a Pepita. Me iré y la olvidaré.

Mientras esté aquí lucharé con valor. Cuento con la ayuda de Dios para vencer. Mis rezos llegarán a El y pelearé como Israel en el silencio de la noche y Dios me ayudará para que yo sea vencedor siendo vencido.

IX

Luis de Vargas le cuenta a su tío y maestro que ya ha pasado la gran prueba y que ha convertido en un gran jinete. También ha aprendido a jugar a las cartas y por las noches ocupa el lugar de su padre al lado de Pepita en el juego. Aún no puede pensar mal de ella, pero dice que hay algo que lo atormenta y es que ha creído que en dos o tres ocasiones Pepita lo ha mirado en una forma distinta a como lo hace siempre; que la mirada de ella le ha hecho pensar que pudiera estar enamorada de él. Piensa que eso sería terrible y se pregunta qué hacer, pues no se atreve a decírselo a su padre. Además no tiene pruebas de ello. Cree que lo mejor es guardar silencio y tratar de marcharse pronto del lugar.

12 de mayo

Antes de lo que yo pensaba, querido tío, me decidió mi padre a que montara en *Lucero*. Ayer, a las seis de la mañana, monté en él y me fui con mi padre al campo.

Lo hice tan bien, fui tan seguro en el animal que mi padre no pudo resistir a la tentación y me hizo regresar por la calle principal del pueblo. Pasamos por frente a la casa de Pepita.

No bien sintió ella el ruido levantó los ojos y se puso a mirarnos. En ese momento *Lucero* comenzó a rebelarse. Yo quise dominarlo, pero el animal se resistió. Permanecí sereno y logré dominarlo, mostrándole que yo era el amo.

La gente se había reunido para vernos pasar. Mi padre lleno de orgullo dijo:

—¡Bien por los mozos valientes!—. Y viendo que allí estaba Currito, le gritó:

—Mira, tú, mira al futuro sacerdote, ¿no crees lo que estás viendo?

Mi triunfo fue grande, aunque no propio de mi carácter. Sentí pena y más cuando ví que Pepita me sonreía moviendo su mano. En fin, me han reconocido como un gran jinete.

Mi padre está satisfecho. Ya he aprendido a jugar a las cartas. Dos noches he jugado con Pepita. A la noche siguiente en que monté a *Lucero*, Pepita me recibió en su casa e hizo lo que no había querido hacer: me extendió la mano.

Como mi padre muchas veces se reúne con la gente del campo, y hasta las diez de la noche no está libre, yo tomo su lugar en el juego al lado de Pepita. El señor Vicario y el escribano juegan con nosotros.

No encuentro razón aún para pensar mal de Pepita y de que ella pueda sentir amor hacia mí. Me trata con el afecto natural por tratarse del hijo de Don Pedro de Vargas y como se trataría a un hombre que pronto va a ser sacerdote.

Pero como siempre le he dicho a usted la verdad, quiero decirle que he sentido dos o tres veces algo que me ha hecho pensar.

Ya he dicho a usted que los ojos de Pepita son verdes y de una mirada tranquila y serena. Su mirada es dulce. Nada hay en ella de pasión ardiente, nada de fuego hay en sus ojos. Como la luz de la luna es su mirada.

Pues bien, yo he creído ver dos o tres veces como una luz en aquellos ojos que me miraban. ¿Será ilusión de mi parte?

Me parece y quiero creer que lo he imaginado. El color del cielo, la dulzura de la amistad y la caridad es lo que he visto siempre en sus ojos.

Pero me atormenta la idea que he tenido de esas dos o tres veces que me ha mirado en esa forma o yo he creído que me miraba.

Mi padre dice que en los ojos de una mujer puede llegar el hombre a comprender si es amado, y que cuando se decide a enamorarla, ya puede estar seguro de no ser rechazado.

Quizás esas palabras de mi padre son las que me han hecho creer en esa idea. A veces me digo, ¿sería tan imposible que así fuera? Pero pienso que eso no puede ser. Y si fuera así, que yo le gustase a Pepita de otra manera que como amigo, si la mujer a quien mi padre quiere tomar por esposa se hubiera enamorado de mí, ¡qué terrible sería todo esto!

Lo que sí me sorprende es que mi padre se sienta tan seguro. ¿Soy acaso tan feo que mi padre piense que, a pesar de mi idea de ser sacerdote, no pueda yo enamorarme de Pepita y ella de mí?

Pienso que mi padre está tan seguro de lograr el amor de Pepita que no puede pensar en que esto ocurra. ¿No debo yo advertir a mi padre del peligro? ¿No debo decirle nada? Además, ¿qué podría decirle? ¿Qué me parece que Pepita me ha mirado dos o tres veces de distinta manera a como lo hace siempre? No, no tengo pruebas de ello.

¿Qué podría decirle entonces? ¿Qué soy yo el que está enamorado de Pepita? Esto no es verdad y aunque lo fuera, ¿cómo podría yo decirle tal cosa a mi padre?

Lo mejor es callar, luchar en silencio. Si la tentación me llegara a atacar, yo trataría cuanto antes de abandonar este pueblo y volver con usted.

X

El joven dice a su tío que se siente confuso. Ha comprendido que entre Pepita y él hay algo más que amistad y que la imagen de ella está presente en toda su vida y hasta se está olvidando de Dios. Cuando está junto a ella nada le interesa, sólo ella. Cuando está solo, piensa en ella. Al comprender esto desea morir. El amor que siente por ella es más fuerte que el amor a Dios y teme que a veces, en la lucha que hay dentro de sí mismo, el enemigo lo esté venciendo. Sólo le queda un camino: huir.

★

19 de mayo

Gracias a Dios y a usted por las nuevas cartas y nuevos consejos que me envía. Hoy los necesito más que nunca.

Razón tenía Santa Teresa cuando se refería a los trabajos de las almas que se dejan llevar por la tentación, pero más difícil resulta aún cuando tratamos de luchar contra ella.

Nuestros cuerpos son como templos, pero si se acerca a ellos el fuego corren el peligro de arder.

Los placeres del mundo nos parecen dulces como la miel, pero resultan más amargos que la hiel.

Es cierto, ya no puedo negárselo a usted. No debí poner los ojos en una mujer como Pepita.

No me siento perdido, pero, se lo confieso, estoy confuso.

Como el viajero perdido en el desierto busca el camino, así busco yo a Dios, pero buscándolo he caído en lo contrario. Me encuentro en un abismo profundo; pero espero y confío en la ayuda de Dios. La oración y la penitencia me servirán para luchar y vencer.

No era sueño, no era locura: era realidad. Ella me mira a veces con la ardiente mirada de que ya le he hablado a usted. Mis ojos deben arder como los suyos en un fuego maldito.

Al mirarnos así hasta de Dios me olvido. La imagen de ella aparece en el fondo de mi espíritu y lo vence todo. Su hermosura está por encima de toda hermosura; la felicidad del cielo está por debajo de su amor; la pena eterna no paga la felicidad que siento al ver una de sus miradas.

Cuando vuelvo a casa, cuando me quedo solo en mi habitación, en el silencio de la noche, siento todo el peso de mi culpa y me digo que no volverá a ocurrir. Pero ocurre de nuevo.

Mi padre, que confía en mí sin sospechar lo que pasa en mi alma, me dice cuando llega la hora:

—Vete a la reunión. Yo iré más tarde.

En vez de contestar: "No puedo ir", voy rápidamente hacia allá.

Al entrar, Pepita y yo nos damos la mano y al estrecharla siento como un fuego dentro de mí y no pienso más que en ella.

Quizás soy yo mismo quien busca las miradas de ella. La miro y veo toda su belleza. No bien entro en su casa, caigo bajo su poder y me siento dominado por ella.

Cuando juego o hablo, no sé como lo hago, pues estoy todo en ella. Cada vez que se encuentran nuestras miradas se lanzan en ellas nuestras almas y me parece que en ese momento se unen aun más.

Desde el día en que vi a Pepita en el Pozo de la Solana no he vuelto a verla a solas. Nada le he dicho ni me ha dicho, pero nos lo hemos dicho todo.

Cuando estoy solo por la noche en mi habitación veo abierto a mis pies el abismo en que me hundo.

Me pide usted que piense en lo breve y corta de esta vida frente a la vida eterna. ¿Cómo he de temer la muerte, cuando deseo morir? El amor y la muerte son hermanos. Hay un sentimiento en mí que me dice que amar es darlo todo sin pedir nada en cambio. Deseo confundirme en una de sus miradas y mezclarme con el rayo de luz que sale de sus ojos y quedarme así muerto mirándola, aunque me condene.

Le digo a usted que ese amor que siento por ella no puede luchar contra el temor de perderme; el amor a Dios es la única arma poderosa para enfrentarlo a ese amor. Entonces siento que todo cambia en mí y ese amor divino superior a todos va llenando de luz toda mi alma y la imagen de esa mujer se va apagando y me luce más baja.

Mi vida, desde hace algunos días, es una lucha terrible. Apenas duermo ni como. Cuando logro dormir, me despierto en medio de una batalla entre ángeles buenos y ángeles rebeldes.

En esta batalla de la luz contra las tinieblas lucho por lograr la luz, pero a veces pienso que lucho en favor de mi enemigo y oigo una voz que dice: "Y los hombres prefirieron las tinieblas a la luz." Y me lleno de temor.

No me queda más que un camino: huir. Si mi padre no viene conmigo, me escapo como un ladrón; huyo sin decir nada.

XI

En esta carta Luis de Vargas piensa que él es un hipócrita y un mal hombre. Trata de evitar el ir a casa de Pepita, pero no puede dejar de hacerlo y por el contrario va más temprano. Sabe que ella también lo ama y que ambos, sin haberse dicho nada, se lo han dicho todo. Quiere verse libre de esta mujer, pero no puede. Promete que no volverá a verla, pero regresa a casa de ella al día siguiente. Le pide a su tío ayuda y amparo y que le escriba a Don Pedro de Vargas para que le permita marcharse de allí.

23 de mayo

Soy un mal hombre y un hipócrita.
Siento pena al escribir a usted y a pesar de ello le escribo. Quiero confesárselo todo.

No logro evitar esto. En vez de dejar de ir a casa de Pepita, voy más temprano todas las noches. Se diría que el demonio es quien me lleva allí, sin que yo quiera.

Nunca hallo sola a Pepita. No quisiera hallarla sola. Siempre está allí el padre Vicario, quien piensa que nuestra amistad es como la de él con Pepita, a quien sólo le une el amor a la religión

Cuando Pepita y yo nos damos la mano, ya no es como antes. Ambos ponemos a prueba nuestra voluntad.

Ella debe de sentir correr mi vida por sus venas, como yo siento en las mías la suya.

Si estoy cerca de ella, la amo; si estoy lejos, la odio. Su figura me enamora, me atrae, me rinde.

Su recuerdo me mata. Soñando con ella, sueño que me destruye como Judit a Holofernes; pero cuando estoy a su lado me parece que es la mejor de todas las mujeres y la siento dentro de mí y la imagino como un huerto cerrado a todas las miradas, menos a la mía.

Quiero verme libre de esta mujer y no puedo. La odio y a pesar de ello, la adoro. Su espíritu ha entrado en mí de tal forma que tan pronto la veo me siento dominado por ella.

Todas las noches salgo de su casa diciendo: "Esta será la última noche que vuelvo aquí." Y vuelvo a la noche siguiente.

Cuando habla y yo estoy a su lado, mi alma está como unida a sus labios, esperando sus palabras. Cuando sonríe es como si un rayo de luz entrara en mi corazón.

A veces, sin quererlo ninguno de los dos, la he tocado con mi cuerpo, y no puedo explicarle a usted la sensación tan extraña que he sentido en ese momento.

Sáqueme usted de aquí. Escriba usted a mi padre para que me dé permiso y poder marcharme pronto.

Si es necesario dígaselo todo. Yo no tengo valor para hacerlo.

¡Ayúdeme! ¡Sea usted mi amparo!

XII

Luis ha decidido no ir por casa de Pepita. Ha dicho que está enfermo y su padre le pregunta qué le sucede. Trata de olvidarla y eso le hace sufrir. Sólo confía en que Dios le dará las fuerzas para resistir. Sabe que puede despreciarlo todo por lograr el amor de Dios: la fama, la honra, la gloria. Pero cuando aparece la imagen de ella ya no se siente tan seguro. Trata de olvidarla, pero no puede. Trata de imaginársela como un símbolo, pero en este caso la ve muerta y desea él también morir para estar junto a ella. Pero aún cree que podrá resistir y vencer.

30 de mayo

Dios me ha dado fuerzas para resistir y he resistido.

Hace días que no pongo los pies en casa de Pepita, que no la veo.

No tengo que decir que me siento enfermo, porque lo estoy. Mi padre me cuida y me pregunta qué es lo que tengo.

Yo quiero conquistar el reino de los cielos y llamo a sus puertas para que éstas se me abran.

Dios me está dando todas las amarguras para probar mi fe y paso muchas noches sin dormir, entregado a la oración. Pero dentro de esa amargura que me envía me ha enviado algo muy dulce: he visto con los ojos del alma la nueva patria.

Si logro vencer será gloriosa la victoria; pero se la deberé a la Reina de los Angeles. Ella es mi defensa y mi refugio.

En cambio, a la mujer que me enamora trato de olvidarla.

Pensando sobre el amor, hallo mil razones para amar a Dios y no amarla a ella.

Siento en lo más profundo de mi corazón una sensación que me dice que yo lo despreciaría todo por el amor de Dios: la fama, la honra, el poder y la gloria. Creo que podría llegar a ser como Cristo y que si el enemigo me llevase a la montaña y me ofreciese todos los reinos de la tierra, yo lo rechazaría; pero cuando me ofrece a esta mujer, dudo y no la rechazo. ¿Es que esta mujer vale más ante mis ojos que todos los reinos de la tierra, más que la fama, la honra, el poder y la gloria?

¿Es el amor el mismo siempre o hay dos clases de amor? Amar a Dios me parece que es darlo todo. Amándole a El, puedo y quiero amarlo todo por El y no siento celos de que El lo ame todo. Mientras más veo el amor de Dios a todas las criaturas, más le amo a El y más cerca de Dios me siento. Me parece que soy hermano de todos los seres que El ama. Me parece que soy uno con todo y que todo está unido a mí por el amor de Dios.

Ocurre lo contrario cuando pienso en esta mujer y el amor que siento por ella es un amor de odio, que la separa de todo, menos de mí. La quiero para mí, toda para mí y yo todo para ella.

Pienso en todas estas cosas para tratar de llegar a odiar el amor de esta mujer, pues veo en él mucho de pecado. Pero estoy confuso y nace dentro de mí la idea contraria. Pronto me niego lo que acabo de afirmar y trato de unir los dos amores. ¿Por qué no huir de ella y seguir amándola sin dejar de dedicar mi vida a Dios? Así como es posible amar a Dios a la vez que se ama a la patria, a los hombres, a la ciencia, a la Naturaleza, también se puede amar a esta mujer, si ese amor es espiritual y no lleva en él nada de pecado. Yo haré de ella un símbolo, una imagen de todo lo bueno y hermoso. Será para mí como Beatriz para Dante, un símbolo de mi patria, del saber y de la belleza.

Esto me hace caer en un horrible pensamiento. Para hacer de Pepita ese símbolo me la imagino muerta, como estaba Beatriz cuando Dante pensaba en ella.

Estando viva, es imposible convertirla en idea pura.

Otras veces la veo llena de vida junto a mí y con el calor de mi corazón la hago regresar a la vida y la veo respirando amor, llena de juventud y hermosura.

Y entonces, desde lo más profundo de mi corazón, grito: "Dios mío, no me abandones. Ven a ayudarme."

Así recobro las fuerzas para resistir la tentación. Y nace de nuevo en mí la esperanza de que tan pronto me aleje de este lugar volveré a ser el mismo de antes. El demonio trata de conquistar las almas puras. Yo, con todo, sabré resistir y no pecar. Dios me salvará.

XIII

El joven le dice a su tío que su padre le ha pedido que vaya a casa de Pepita y él ha aceptado. Al llegar a casa de ella, vio que estaba sola y sintió haber ido. Ella ha comprendido, al mirarlo, la lucha que hay dentro de él. No se han dicho ni una palabra, pero de pronto Pepita se ha dado cuenta de que él nunca podrá amarla, que su corazón pertenece a Dios, y dos lágrimas han aparecido en sus ojos. Sin darse cuenta, el joven se ha acercado y la ha besado. Confiesa que, al hacerlo, se sintió lleno de felicidad. En ese momento se separaron al oir los pasos del señor Vicario, pero ya él le ha dicho a la joven que ese beso será el primero y el último. Al verse solo en su casa, se ha sentido como Judas, que traicionó dos veces: él ha traicionado a Dios y a la mujer que ama.

6 de junio

El ama de llaves de Pepita es alegre y hábil como pocas. Se casó con el hijo del maestro *Cencias* y tiene una gran habilidad para todos los trabajos. Sabe hacer cualquier clase de dulces. Antoñona, que así se llama, es muy querida en todo el lugar. Entra y sale en todas las casas como en la suya. A todos los jóvenes y muchachas de la edad de Pepita, o de cuatro o cinco años más, los trata como si fueran sus hijos.

A mí me habla como a los otros. Viene a verme, entra en mi habitación y ya me ha dicho varias veces que soy un ingrato y que hago mal en no ir a ver a su señora.

Mi padre, sin comprender nada, me pide que vaya a casa de Pepita. Anoche no puede decirle que no y fui muy temprano. ¡Ojalá no hubiera ido!

Pepita estaba sola. Al vernos, los dos nos sentimos confusos. Nos dimos la mano sin decir una palabra.

En la mirada que Pepita me dirigió nada había de amor, pero sí mucho de amistad y vi en ella una gran tristeza.

Había comprendido toda la lucha que hay en mí; sabía que el amor divino había triunfado en mi alma; que yo no podría amarla nunca.

No se atrevió a quejarse de mí; conocía que la razón estaba de mi parte. Un quejido, que se escapó de sus labios, dejó ver cuánto lo sentía.

Nuestras manos seguían unidas aún, sin decir una palabra. ¿Cómo decirle que yo no era para ella, ni ella para mí, que debíamos separarnos para siempre?

Aunque no se lo dije con palabras, se lo dije con los ojos. En mi mirada vió sus temores de perderme para siempre. Comprendió mi decisión.

De pronto su hermosa cara se volvió triste. Parecía la madre de los dolores. En sus ojos ví aparecer dos lágrimas.

No sé lo que pasó en mí. ¿Y cómo describirlo, aunque lo supiera?

Acerqué mis labios a su cara y se unieron nuestros labios en un beso.

Nuestros seres se llenaron de felicidad. No puedo describirle a usted como me sentí al tenerla entre mis brazos.

Quiso el cielo que oyésemos los pasos del señor Vicario que llegaba y nos separamos.

Volviendo en mí y reuniendo todas las fuerzas de mi voluntad pude decir sólo estas palabras en voz baja:

—¡El primero y el último!

Yo me refería al beso, pero por mi mente pasaron mil ideas de todos aquellos días horribles en que tanto había deseado este momento.

Toda aquella noche la pasé pensando sólo en aquel beso maldito que encerraba todo el pecado que yo quería sacar de mi mente.

Me retiré de casa de Pepita muy temprano.

Cuando me encontré solo mi amargura fue mayor aún.

Al recordar aquel beso y aquellas palabras que le había dicho, me parecía que yo era Judas, que vendía besando.
Yo había traicionado dos veces. Había faltado a Dios y a ella. Soy un ser miserable. Soy el peor de todos los hombres.

XIV

Luis de Vargas decide no volver a casa de Pepita. Piensa que lo ocurrido ha sido una prueba que Dios le ha enviado. Cree que podrá olvidar a Pepita y hallar su refugio en la oración y en la plegaria. Al sentir el amor de Dios, piensa que la podrá olvidar y está seguro de que la imagen de Pepita saldrá para siempre de su alma.

11 de junio

Aún es tiempo de terminarlo todo. Pepita olvidará el mal momento que ambos tuvimos.

Desde aquella noche no he vuelto a su casa. Antoñona no ha ido por la mía.

Tanto le he rogado a mi padre que he logrado me prometa que nos iremos de aquí el día 25, después del día de San Juan en que hay grandes fiestas.

Creo que lo que me ha sucedido con Pepita ha sido una prueba que Dios me ha enviado.

En todas estas noches he rezado mucho.

Mis plegarias han hallado gracia delante del Señor, quien al ver mi sincero arrepentimiento, me ha mostrado una vez más su infinita bondad.

El Señor ha enviado su fuego divino a lo más fuerte de mi espíritu, ha llevado la luz a mi inteligencia, ha puesto a prueba mi voluntad y me ha enseñado.

El amor divino, que está en la voluntad suprema, ha podido en ocasiones, sin yo merecerlo, llevarme hasta la oración. He dejado mi alma libre de toda imagen, aun la de esa mujer, y he creído, si el orgullo no me domina, que he conocido el bien supremo que se encuentra en lo más profundo de nuestras almas.

Ante este bien todo es miseria; ante esta hermosura todo es feo; ante esta felicidad todo es sufrimiento; ante esta grandeza todo es pequeño. ¿Quién no olvida y rechaza, por lograr el amor de Dios, todos los otros amores?
Sí, la imagen de esa mujer saldrá para siempre de mi alma. Sí, yo castigaré mi cuerpo y mi alma con oraciones y penitencias y arrojaré esa mujer de mi lado, como Cristo arrojó a los mercaderes del templo.

XV

En la última carta que le escribe a su tío, Luis dice que pronto se marchará del lugar y que al fin estará otra vez junto a él para dedicar toda su vida a Dios, que necesita sus consejos y su ayuda. Sabe que Pepita está enferma y piensa que él es el culpable, pero no ha vuelto a verla. No quiere verla. Antoñona, el ama de llaves de Pepita, ha ido a verlo y le ha pedido que vaya por la casa de su señora. Lo ha llamado mal hombre y lo culpa de la enfermedad de Pepita. El sabe que merece eso y mucho más. Pero sólo desea marcharse del lugar, aunque sabe que su tío lo va a encontrar muy cambiado.

18 de junio

Esta será la última carta que yo le escriba a usted.
El día 25 saldré de aquí. Pronto podré darle un abrazo.
Cerca de usted estaré mejor. Usted me dará la fuerza y el valor que no tengo.
Una tempestad de encontrados sentimientos lucha dentro de mi corazón.
Por la forma de escribirle comprenderá usted fácilmente el estado en que me encuentro.
Dos veces he vuelto a casa de Pepita. He estado frío con ella, como debía estar, pero ¡cuánto me ha costado!
Ayer me dijo mi padre que Pepita está enferma y que no recibe.
Pensé que su amor mal pagado por mí podría ser la causa de su mal.

¿Por qué la he mirado a ella con las mismas miradas de fuego con que ella me miraba? ¿Por qué la he engañado en forma tan miserable? ¿Por qué le he hecho creer que la quería? ¿Por qué mis labios buscaron los suyos y al besarla le he hecho sentir todo el amor que yo sentía?
Pero no, mi pecado no ha de traer otro pecado.
Lo que sucedió ya está hecho, pero no debe ni puede repetirse.
El día 25 me marcharé de aquí.
Antoñona acaba de entrar a verme...
Escondí esta carta como si fuera un pecado escribir a usted.
Sólo un minuto ha estado aquí Antoñona.
Yo me levanté para hablar con ella de pie y que la visita fuera corta.
Ella, al marcharse, me ha dicho en su vocabulario gitano:
—Anda, mal hombre, has puesto enferma a mi niña y me la estás matando poco a poco.
Dicho esto, me ha dado cuatro o cinco golpes y se marchó hablando en voz baja.
No me quejo. Soy un mal hombre. Merezco todo eso y mucho más.
Dios mío, haz que Pepita me olvide. Si es necesario que ame a otro y que sea feliz con él.
¿Puedo pedirte más, Dios mío?
Mi padre no sabe nada. No sospecha nada. Es mejor así.
Adiós. Hasta dentro de pocos días que nos veremos y abrazaremos de nuevo.
¡Qué cambiado va usted a encontrarme! ¡Qué lleno de amargura mi corazón! ¡Cuán perdida mi inocencia! ¡Qué herida está mi alma!

EJERCICIOS DE CONVERSACION Y VOCABULARIO

PRIMERA PARTE

—I—

1. ¿Cómo encuentra Luis de Vargas el lugar de su nacimiento?
2. ¿Cuándo se había marchado de ese lugar?
3. ¿Qué es lo que le agrada por su belleza?
4. ¿Por qué nadie comprende sus deseos de ser sacerdote?
5. ¿Quién es Pepita Jiménez?
6. ¿Quién la está enamorando?
7. ¿Con quién se casó Pepita Jiménez?
8. ¿Por qué Luis quiere conocerla?
9. ¿Cuál es la idea que atormenta al joven?
10. ¿Por qué piensa él que no ha sabido perdonar a su padre?
11. Escriba la forma del Gerundio de los siguientes verbos: Llegar, decir, saber, recibir, alabar.
12. Escriba oraciones usando los siguientes modismos (idioms): acerca de; antes de; desde entonces; en compañía de; hacia allá.

—II—

1. ¿Cuánto tiempo quiere Don Pedro de Vargas que su hijo permanezca allí?
2. ¿Por qué el joven no se siente bien en el lugar?
3. ¿Qué le pareció a él Pepita Jiménez?
4. ¿Cómo era el traje que ella usaba?
5. ¿Qué hay en la sala de su casa?
6. ¿Qué le dijo Don Pedro a su hijo?
7. ¿Por qué quiere casarse con Pepita?
8. ¿Por qué ésta lo rechaza?
9. ¿Qué le ha contado el Señor Vicario a Luis de Vargas?
10. ¿Qué le aconsejó éste?

11. Escriba la forma del Gerundio de los siguientes verbos: regresar, ser, huir, conocer, sentir.
12. Escriba oraciones usando los siguientes modismos (idioms): en casa de; en medio de; en ninguna parte; hasta ahora; junto a.

–III–

1. ¿Por qué quiere Luis marcharse del lugar?
2. ¿Cuál es la causa de que no se sienta tranquilo?
3. ¿Por qué lo atormenta la admiración que siente por las bellezas de la Naturaleza?
4. ¿Por qué cree que eso es un olvido de lo eterno?
5. ¿Qué piensa él que es la caridad?
6. ¿Por qué cree que amando la Naturaleza se olvida de su deber?
7. ¿Qué cree él que son las cosas de esta tierra?
8. ¿Cuál es el único amor que ha sentido hasta ese momento?
9. ¿Qué edad tiene Luis de Vargas?
10. ¿Por qué siente miedo?
11. Escriba la forma del Gerundio de los siguientes verbos: confesar, llorar, comenzar, creer, contemplar.
12. Escriba oraciones usando los siguientes modismos (idioms): lejos de; todo lo contrario; si bien; por la tarde; por delante de.

–IV–

1. ¿A dónde acompañó Luis a su padre?
2. ¿Por qué éste se ha sorprendido?
3. ¿A dónde los ha invitado Pepita Jiménez?
4. ¿Quiénes fueron a la huerta de Pepita?
5. ¿Qué dice Luis acerca de la huerta?
6. ¿Cómo estaba vestida la joven viuda?
7. ¿Qué dice Luis de las manos de ella?
8. ¿Cómo se mostró su padre ese día?

9. ¿Cómo es la mirada de Pepita?
10. ¿Qué piensa Luis acerca de la joven?
11. Escriba la forma del Gerundio de los siguientes verbos: mostrar, desear, pasar, dedicar, querer.
12. Escriba oraciones usando los siguientes modismos (idioms): por otra parte; por la mañana; en breve; en cambio; hacia acá.

—V—

1. ¿Por qué Luis permanece en el lugar?
2. ¿Cuál es el mayor placer que siente?
3. ¿Qué opina del señor Vicario?
4. ¿Qué cree él que hay encerrado en el alma del Vicario?
5. ¿Quién ayuda al Vicario en sus obras de caridad?
6. ¿De quién habla siempre el Vicario?
7. ¿Qué le ha dicho éste a Luis acerca de Pepita?
8. ¿Qué cree el joven de Pepita?
9. ¿Por qué teme que ella se case con su padre?
10. ¿Por qué todos hablan de Pepita Jiménez?
11. Escriba la forma del Gerundio de los siguientes verbos: hacer, ir contar, abrir, tener.
12. Escriba oraciones usando los siguientes modismos (idioms): fuera de; en general; en caso de; a favor de; al día siguiente.

—VI—

1. ¿Por qué cree Luis de Vargas que su tío tiene razón?
2. ¿Por qué el tío le aconseja que no haga mucha amistad con Pepita?
3. ¿Por qué teme Luis al peligro?
4. ¿Quién cree el joven que tiene la culpa de los halagos que él dedica a Pepita Jiménez?
5. ¿Por qué él cree que no está enamorado de Pepita?
6. ¿Cómo cree Luis que se lucha mejor frente al peligro?
7. ¿Por qué desea que Pepita acepte el amor de su padre?

8. ¿Por qué él duda de este amor?
9. ¿Por qué no se acerca a Pepita?
10. ¿Por qué Luis piensa que Pepita no puede enamorarse de él?
11. Escriba las formas del Pasado Perfecto (Pretérito Pluscuamperfecto) de los siguientes verbos: aconsejar, llevar, olvidar, desear, confesar.
12. Escriba oraciones usando los siguientes modismos (idioms): dentro de; de donde; de acuerdo con; ahora mismo; a fin de que.

—VII—

1. ¿Por qué Luis de Vargas no ha tenido tiempo de escribir a su tío?
2. ¿Quiénes entran en su habitación?
3. ¿Por qué el joven se siente triste?
4. ¿Cómo cree él que lo querría Pepita?
5. ¿Cómo cree Luis que debe ser el hombre que piensa dedicar su vida a Dios?
6. ¿Por qué él ha puesto a prueba su amor propio?
7. ¿A qué lugar invitó Don Pedro a Pepita Jiménez?
8. ¿Quiénes fueron a la reunión?
9. ¿Qué le dijo Pepita Jiménez a Luis al encontrarse solos?
10. ¿Qué le prometió éste?
11. Escriba las formas del Pasado Perfecto (Pretérito Pluscuamperfecto) de los siguientes verbos: poner, llegar, ver, comer, salir.
12. Escriba oraciones usando los siguientes modismos (idioms): a causa de; aquí; a los pocos días; cuando menos; por eso.

—VIII—

1. ¿Quiénes van a las reuniones en casa de Pepita Jiménez?
2. ¿Por qué Luis de Vargas no sabe qué hacer allí?
3. ¿Qué piensa el joven que sería lo mejor?

4. ¿Qué ha dicho Don Pedro al saber que su hijo no juega a las cartas?
5. ¿Por qué su padre cree que él debe aprender a jugar a las cartas?
6. ¿Por qué hay diferencias entre su juventud y la de su padre?
7. ¿Qué asegura Don Pedro de Vargas?
8. ¿Qué se pregunta el joven?
9. ¿Por qué no puede pensar en Pepita como en algo espiritual?
10. ¿Qué pide él al cielo?
11. Escriba las formas del Pasado Perfecto (Pretérito Pluscuamperfecto) de los siguientes verbos: poder, vencer, dejar, lograr, tener.
12. Escriba oraciones usando los siguientes modismos (idioms): por entero; por allí; en contra de; en todas partes; en lugar de.

—IX—

1. ¿Qué decidió hacer Don Pedro de Vargas?
2. ¿Por dónde pasaron al regresar?
3. ¿Qué hizo Pepita Jiménez al verlo?
4. ¿Qué ocurrió con el animal?
5. ¿Qué le dijo Don Pedro a Currito?
6. ¿Por qué Don Pedro se sintió satisfecho?
7. ¿Por qué el joven tomó el lugar de su padre en el juego?
8. ¿Por qué Luis no se decide a pensar mal de Pepita?
9. ¿Qué ha creído ver él dos o tres veces en la mirada de ella?
10. ¿Por qué piensa que no es imposible que ella lo ame?
11. Escriba las formas del Pasado Perfecto (Pretérito Pluscuamperfecto) de los siguientes verbos: mirar, creer, pensar, encontrar, pasar.
12. Escriba oraciones usando los siguientes modismos (idioms) en vez de; hace pocos días; por aquí; por lo menos; ¿en dónde?

—X—

1. ¿Qué piensa Luis de Vargas que son nuestros cuerpos?
2. ¿Cómo son los placeres del mundo?
3. ¿Por qué se siente confuso?
4. ¿En quién confía él que lo ayude?
5. ¿Por qué se ha dado cuenta de que sus temores eran reales?
6. ¿Cómo se siente cuando está cerca de Pepita?
7. ¿Qué hace siempre al regresar a su casa?
8. ¿Qué le dice su padre?
9. ¿Qué le responde él?
10. ¿Qué le pide su tío?
11. Escriba las formas del Pasado Perfecto (Pretérito Pluscuamperfecto) de los siguientes verbos: negar, quedar, hacer, temer, morir.
12. Escriba oraciones usando los siguientes modismos (idioms): cuanto antes; de manera que; de aquí; al lado de; allí.

—XI—

1. ¿Por qué piensa Luis de Vargas que él es un mal hombre?
2. ¿Por qué no puede dejar de ir a casa de Pepita?
3. ¿Por qué no quiere hallar sola a Pepita?
4. ¿Qué piensa el señor Vicario?
5. ¿Qué debe sentir Pepita al darle la mano a Luis de Vargas?
6. ¿Por qué sueña que ella lo destruye?
7. ¿Por qué quiere verse libre de ella?
8. ¿Qué dice él siempre al salir de casa de Pepita?
9. ¿Qué ocurre a la noche siguiente?
10. ¿Qué le pide Luis a su tío?
11. Escriba las formas del Futuro Perfecto de los siguientes verbos: sentir, escribir, querer, tener, tocar.
12. Escriba oraciones usando los siguientes modismos (idioms): a no ser que; a falta de; como si; detrás de; de allí.

–XII–

1. ¿Por qué cree Luis que Dios le ha dado fuerzas para resistir?
2. ¿Cómo se siente el joven?
3. ¿A quién trata de olvidar?
4. ¿Qué sensación siente en su corazón?
5. ¿Por qué cree él que puede resistir la tentación?
6. ¿Qué piensa el joven del amor a Dios?
7. ¿Y qué piensa del amor a Pepita?
8. ¿Cree él que sea posible amar a Pepita sin dejar de amar a Dios?
9. ¿Cómo se imagina él a Pepita?
10. ¿Por qué pide ayuda a Dios?
11. Escriba las formas del Futuro Perfecto de los siguientes verbos: dar, ver, preguntar, amar, saber.
12. Escriba oraciones usando los siguientes modismos (idioms): delante de; a través de; allá; acá; en frente de.

–XIII–

1. ¿Cómo es el ama de llaves de Pepita?
2. ¿Cuál es su nombre?
3. ¿Cómo trata ella a todos los jóvenes del lugar?
4. ¿Qué le pide Don Pedro a su hijo?
5. ¿Por qué éste siente haber ido a casa de Pepita?
6. ¿Qué vió en los ojos de ella?
7. ¿Por qué no se atrevió a hablarle?
8. ¿Qué hizo Luis de Vargas?
9. ¿Quién llegó en ese momento?
10. ¿Qué le dijo él a Pepita?
11. Escriba las formas del Futuro Perfecto de los siguientes verbos: reunir, volver, pensar, besar, encontrar.
12. Escriba oraciones usando los siguientes modismos (idioms): todos los días; lo más pronto posible; por cierto; por el contrario; ¿por dónde?

—XIV—

1. ¿Por qué Luis de Vargas no ha vuelto por casa de Pepita?
2. ¿Qué le ha pedido a su padre?
3. ¿Qué le ha prometido éste?
4. ¿Qué día piensa marcharse del lugar?
5. ¿Por qué ha rezado mucho?
6. ¿Quién le ha mostrado su infinita bondad?
7. ¿Qué le ha enviado el Señor?
8. ¿De qué ha dejado libre su alma?
9. ¿Por qué cree que logrará olvidar a Pepita?
10. ¿Cómo lo logrará?
11. Escriba las formas del Futuro Perfecto de los siguientes verbos: creer, hallar, poder, olvidar, rechazar.
12. Escriba oraciones usando los siguientes modismos (idioms): por acá; por allá; encima de; hasta que; así como.

—XV—

1. ¿Por qué Luis desea abandonar el lugar?
2. ¿Por qué cree que su tío podrá ayudarlo?
3. ¿En qué estado se encuentra Luis de Vargas?
4. ¿Cuántas veces ha vuelto a casa de Pepita?
5. ¿Cómo se ha sentido al estar junto a ella?
6. ¿Por qué cree que Pepita está enferma?
7. ¿Qué cree él que no debe repetirse?
8. ¿Quién llega a verlo?
9. ¿Cuánto tiempo habló Antoñona con Luis?
10. ¿Qué desea Luis de Vargas?
11. Escriba las formas del Futuro Perfecto de los siguientes verbos: entrar, engañar, comprender, acabar, luchar.
12. Escriba oraciones usando los siguientes modismos (idioms): a este lugar; después de tantos años; de allá; de acá; en cuanto a.

SEGUNDA PARTE

PARALIPOMENOS

La acción. Esta segunda parte de la historia llamada Paralipómenos (del griego: pará=junto a, y lipómenos=dejado, abandonado), recibe ese nombre porque se trata de unos papeles que el autor encontró junto a las cartas de Luis al Señor Deán. Por ellos nos enteramos del fin que tuvieron los amores de Pepita y Luis.

Nadie en el lugar conocía esos amores y sólo Antoñona, la fiel ama de llaves de Pepita, lo había descubierto todo. Pepita llama al Señor Vicario y le confiesa toda la verdad y éste le pide que deje marchar a Luis y que trate de olvidarse de este amor culpable. Luis también trata de olvidar a Pepita, pero le es imposible hacerlo. El conde de Genazahar que ha sido rechazado por Pepita, ofende a ésta delante de Luis y el joven la defiende de palabra. Antoñona va a casa de Luis y le pide que antes de marcharse vaya a ver a la joven. Luis accede y va a visitar a Pepita. Esta trata de convencerlo de que olvide su promesa de ser sacerdote, pero Luis se niega a aceptar esa idea. Al comprender Pepita que no va a lograr nada y después de una larga conversación con Luis, le pide a éste que la olvide y se retira a la otra habitación. Luis se siente confuso y corre tras ella. Al salir de la habitación, Luis comprende que todo está perdido, que ha pecado contra las leyes de Dios y se ha traicionado a sí mismo.

Ya sólo piensa en casarse con Pepita y comprende que su vocación religiosa no es verdadera. Decide dar su merecido al conde y ocurre un duelo entre ambos hombres. Luis, después de curar de sus heridas, decide confesar toda la verdad a su padre; pero con gran sorpresa se entera de que ya éste lo conocía todo, pues el Señor Deán le había escrito contándole sus sospechas.

Pepita y Luis se casan en medio de la alegría de todos. A veces Luis se siente culpable en medio de su felicidad, cuando piensa en su ideal de haber sido un buen sacerdote; pero Pepita con su amor logra hacerle olvidar esa amargura.

I

No se sabría el final que tuvieron los amores de Pepita y Luis, si un hombre que estaba enterado de todo, el señor Deán, no hubiese escrito la segunda parte de esta historia. Pepita comenzó a llevar una vida alejada de todos. Nadie en el lugar conocía los secretos amores de Pepita y Luis; sólo Antoñona, la fiel ama de llaves lo había descubierto todo. Aun antes de que su ama lo supiera, la hábil mujer supo descubrir el amor que se escondía tras las miradas de fuego de Pepita a Luis y de éste hacia aquélla. Pepita no pudo negarle la verdad a Antoñona y fue muy poco lo que tuvo que confesarle, pues ella lo sabía todo.

No hay más cartas de Don Luis a su tío. Nos quedaríamos sin saber el fin que tuvieron estos amores; pero hay un hombre que estaba enterado de todo y que se ocupó de escribir esta segunda parte de la historia.

Nadie en el lugar se extrañó de que Pepita estuviese enferma y nadie pensó en buscar la causa que sólo nosotros, ella, Don Luis, el señor Deán y Antoñona sabemos.

Más bien se hubieran extrañado de las reuniones que en los últimos días tenían lugar en casa de Pepita, pues ésta después de haber quedado viuda, vivía una vida alejada de todos. Era pues muy natural que Pepita volviera a su vida retirada de antes, que era la verdadera vida que ella siempre había llevado.

Su amor por Don Luis, tan oculto y callado, no llegó a oídos de Doña Casilda, ni de Currito ni de los otros personajes que Don Luis nombra en sus cartas. Menos podía imaginarlo el pueblo. A nadie se lo podía ocurrir que Luis, el santo, como le llamaban muchos allí, pudiera ser el rival de su padre y menos aun que pudiera lograr lo que su poderoso y rico padre no había logrado: el amor de Pepita Jiménez.

Pepita nada había dejado ver y ni aun sus criadas podían sospechar la causa de que su ama se hallase enferma. Sólo Antoñona, su fiel ama de llaves, lo sabía todo, ya que era una mujer muy hábil y más aun cuando se refería a algo que estaba en relación con su niña, como ella llamaba a Pepita. Antoñona, pues, conocía el gran secreto y no se lo ocultó a su ama, quien no pudo negarle la verdad a aquella mujer que la había criado y que a pesar de que conocía la vida de todos en el pueblo, cuando se trataba de algo relacionado con su ama, podía callar y era fiel como un perro.

De esta manera Antoñona compartía el secreto con Pepita y ésta le contaba a su ama de llaves todos los problemas de su corazón. Antoñona siempre le daba buenos consejos a Pepita y la ayudaba en todo lo que podía.

Así, comprendemos las visitas de Antoñona a Luis de Vargas y la forma en que ella se dirigía al joven.

Pepita no sabía nada de las visitas de su ama de llaves a Don Luis, pues, de haberlo sabido, seguramente no lo hubiera permitido. Fue la propia Antoñona la que se decidió a hacerlo, sin decir nada a su ama.

Aun antes de que Pepita se hubiera dado cuenta de que amaba a Don Luis ya el ama de llaves lo sabía. Antoñona percibió esas miradas de fuego que Luis creyó ver en los ojos de Pepita y habló de ellas a su ama. Tan pronto Luis envió sus dulces miradas en pago a la mujer que no sabía aún que amaba, Antoñona también lo supo.

Fue muy poco, pues, lo que tuvo que confesarle Pepita a su fiel criada, pues, como vemos, ya ésta lo sabía todo.

—II—

Pepita decidió llamar al Sr. Vicario y confesarle toda la verdad de sus amores con Luis. Además, quería oir el consejo de su viejo amigo. Este se sorprendió al saber la verdad y no quería creer lo que estaba oyendo de labios de la muchacha. Pepita le dijo que ella era una mala mujer y que había hecho todo lo posible para que Luis olvidara su deseo de ser sacerdote; que ella sabía que él la amaba y que ella trataba de conquistarlo. El Vicario le aconsejó que olvidara esos amores, que tanto ella como Luis podían arrepentirse de sus pecados y que Dios los perdonaría. Le pidió que dejara que Luis se marchara y Pepita, convencida por las palabras del Vicario, le prometió que olvidaría ese amor, que se dominaría y dejaría marchar a Luis.

★

A los cinco días de haber escrito Luis su última carta, comienza nuestra historia.

Esa mañana, Pepita se encontraba sola en una habitación, donde sólo entraban ella y Antoñona. Se había acabado de levantar y estaba más bella que nunca. Usaba un traje de casa sencillo que la hacía parecer más hermosa. Pepita esperaba la visita de alguien. Al fin llegó la persona que ella esperaba y que no era otra que el Señor Vicario. Al momento éste se sentó y dirigiéndose a Pepita le dijo:

—Me alegro, hija mía, de que me hayas llamado. De todas formas hoy pensaba venir, pero ¿qué te sucede? Te encuentro triste. ¿Tienes algo importante que decirme?

A estas preguntas respondió Pepita:

—¿No imagina usted mi mal? ¿No descubre usted lo que me sucede?

El Vicario no le respondió y ella siguió hablando:

—Padre, no debí llamarlo a usted. Debí haber ido a la iglesia y allí le hubiera confesado todos mis pecados. Pero, ¡ay, pobre de mí! No me arrepiento de haber pecado y esa es mi gran culpa. Lo he llamado para hablar no con el sacerdote, sino con el amigo.

—¿Qué dices de pecados? ¿Estás loca? ¿Qué pecados puedes cometer tú que eres tan buena?

—No, padre, yo soy mala. He estado engañándolo a usted; me he querido engañar a mí misma y aún trato de engañar a Dios.

—No te entiendo, hija mía —dijo el Vicario.

—Padre, es que llevo dentro de mí el espíritu del mal —dijo Pepita.

—¿Qué estás diciendo? Mira, hija mía, tres son los demonios que atormentan nuestras almas: el espíritu del orgullo, el de la avaricia y el de los amores impuros. Ninguno de los tres, estoy seguro, se halla dentro de tí.

—Pues sí, padre, los tres me dominan —dijo Pepita.

—Qué horrible —dijo el Vicario—. Eso no puede ser cierto.

—Ojalá que así fuese, pero ocurre todo lo contrario —dijo Pepita—. Soy rica y no hago las obras de caridad que debiera; soy orgullosa, pues he despreciado a muchos hombres, no por honrada, sino porque creo que no merecen mi amor. Dios me ha castigado. Ha permitido que los tres enemigos se hagan dueños de mí.

—¿Cómo es eso, muchacha? No te entiendo. ¿Estás enamorada, quizás? Y si lo estás, ¿qué hay de malo en ello? Eres libre y Don Pedro también. Cásate con él.

—Pero si no es de Don Pedro de Vargas de quien estoy enamorada —dijo Pepita.

—¿Pues de quién entonces? —preguntó el Vicario.

Pepita se levantó, fue hacia la puerta, miró a ver si alguien la oía. Regresó con los ojos llenos de lágrimas. Se acercó al Vicario y le dijo al oído:

—Estoy enamorada de su hijo.

—¿De qué hijo? —dijo el Vicario sorprendido.

—¿De qué hijo ha de ser? —dijo Pepita—. De Don Luis.

El Vicario calló y después de un minuto de silencio contestó.

—Pero, hija mía, ese es un amor sin esperanzas. Don Luis no te podrá querer nunca.

—Me quiere —dijo Pepita con una sonrisa de triunfo.

El Vicario la miró con duda y sorpresa a la vez. No podía creer lo que estaba oyendo.

—Me quiere —dijo otra vez Pepita.

—Las mujeres son el mismo demonio —dijo el Vicario.

—¿No se lo decía yo a usted? —dijo Pepita—. Yo soy muy mala.

—Vamos, por Dios, hija mía —contestó el Vicario—. Cuéntame lo que ha pasado.

—¿Qué ha pasado? Que le quiero, que le amo. Que él me quiere también, aunque lucha por vencer este amor. Y que usted, sin saberlo, tiene mucha culpa de todo.

—Vaya, eso es lo único que me faltaba oir —dijo el Vicario—. ¿Por qué tengo yo culpa?

—Porque con su bondad no ha hecho más que hablarme bien de Luis y creo que ha hecho con él lo mismo acerca de mí. ¿Cree usted que yo soy de piedra?

—Tienes razón —contestó el Vicario—. Yo tengo una gran parte de culpa.

—No se sienta culpable usted, padre mío, por amor de Dios —dijo Pepita. Mire si soy una mala mujer, que soy yo la pecadora y quiero culpar a los demás de mis pecados. Sólo mía es toda la culpa. Aunque usted no me hubiera hablado nunca de Luis, me

hubiera enamorado de él. Yo lo hubiera descubierto todo al conocerlo, al mirar su cara, al mirarlo a él, sus ojos llenos de fuego y de inteligencia. No he sabido evitar este amor culpable.
—Hija mía, ¿qué estás diciendo? —preguntó el Vicario.
—Pero ¡que diferencia entre lo que usted me decía de él y lo que yo sentía! Usted ve en Don Luis al ejemplo del buen sacerdote, al hombre que piensa dedicar su vida a Dios y luchar por la fe de Cristo en las regiones más alejadas de la tierra. Yo, en cambio, vi en él al mozo enamorado, olvidado de Dios para darme su alma, para ser el compañero de toda la vida. Soñaba con robárselo a Dios, como el ladrón que piensa en robar la joya de más valor que hay en el templo. Para ello me olvidé de todo hasta de que soy viuda, y vestí los mejores trajes para que él me mirara y se enamorara de mí. He tratado de parecer hermosa y por último lo he mirado con miradas de fuego y al estrechar su mano, he tratado de llevar a sus venas el fuego que corre por las mías.
—¡Ay, hija mía, qué pena me da oírte hablar así! ¡Quién lo hubiera imaginado!
—Pues hay más todavía —añadió Pepita—. Logré que Don Luis me amase. Me lo decía con los ojos. Sí, su amor era tan profundo como el mío. Su virtud, su amor a Dios, luchaban por vencer el amor que yo le ofrecía. Yo he luchado contra ello y he tratado de conquistarlo. Una vez dejó de venir a esta casa. No quería verme y huía de mí. Al fin vino. Yo estaba sola y al darle la mano lloré para que él comprendiera que lo sabía todo: que él prefería otro amor al mío. No supo resistir la tentación. Me besó. Nuestros labios se unieron.
—¡Qué horrible! —dijo el Vicario—. Pero no importa. Aún es tiempo. Don Luis estará arrepentido. Tú también te arrepentirás y Dios los perdonará. Luis se va pronto. Eso es señal de que huye de tí y quiere que Dios lo perdone.
—Bueno está eso —dijo Pepita—. Cumplirá su promesa y... me matará antes. ¿Por qué me ha querido? ¿Por qué me ha engañado? Ahora se marcha y me abandona. Por Dios, que eso no sucederá.
El Vicario, al oir las palabras de Pepita, calló. La miraba con terror.
—Pues qué —dijo Pepita— ¿se habrá burlado de mí? Me ha robado el corazón. Se acordará de mí. Me la pagará. Si es tan

santo, ¿por qué me ha besado como lo hizo? Si ama tanto a Dios, ¿por qué me ha hecho tanto mal? ¿Es esto religión? ¿Es esto caridad?

La ira de Pepita cedió. De pronto comenzó a llorar.

El Vicario, al verla, dijo:

—Pepita, hija mía, vuelve en tí. No te atormentes de esa manera. Piensa que él ha luchado mucho para vencer, que no te ha engañado, que te quiere con toda su alma; pero Dios está antes que tú. Esta vida es muy breve y pronto pasa. Allá en la otra vida Dios aceptará el sacrificio que han hecho los dos y se amarán como los ángeles en la vida eterna. Debes estar satisfecha. ¡Cuánto no valdrás tú, cuando has hecho dudar y hasta pecar a un hombre como Don Luis! ¡Cuánto debes haber herido su corazón! Déjale partir. Sé valiente. Arroja de tu lado el fuego de ese amor. Amándole en silencio, como al mejor de todos los hombres, como algo que te está prohibido, llegarás a él. Su padre te ama. ¿No sería terrible que supiera que su hijo es su rival? Domínate, hija mía.

—¡Qué fácil es dar consejos! —contestó Pepita—. ¡Qué difícil es seguirlos cuando hay una tempestad dentro del alma! A veces creo que me voy a volver loca.

—Los consejos que te doy son por tu bien —dijo el Vicario—. Deja que Luis se marche. El se entregará con amor a Dios y cuando pasen los años tú lo recordarás como lo más bello y lo más puro que ha habido en tu vida. Ofrece este amor a Dios y haz este bello sacrificio.

—¡Padre mío, padre mío, qué bueno es usted! —dijo Pepita—. Sus palabras me dan valor. Yo me dominaré. Si Luis puede vencer yo también sabré hacerlo. Que se marche. No lo veré más. Quiero olvidar este amor. Lo arrojaré lejos de mí.

—Bien, muy bien —dijo el Vicario—. Así te quiero ver yo, valiente. El se debe a Dios y sólo a El. Tiene que cumplir una obligación y tu deber es alegrarte. Dios te dará un premio por ese noble sacrificio. Olvida ese amor que nada bueno puede darte.

—Está bien, padre —contestó Pepita—. Yo me alegraré de que se marche. Deseando estoy que lo haga. Y cuando venga Antoñona a decirme "Ya se fue Don Luis", usted verá cómo mi corazón se va a sentir mucho más tranquilo.

—Así será —dijo el padre Vicario—. Y creyendo que había

hecho un milagro le dijo adiós a Pepita y sintió un poco de orgullo al comprender que tenía un poco de influencia sobre el espíritu de esa maravillosa mujer.

—III—

Al marcharse el Vicario Pepita comprendió que no podía cumplir la promesa que había hecho. Se sintió con deseos de morir y comenzó a llorar. Antoñona la vió y pensó que el Vicario le había dicho algo que la había ofendido. Pepita le contó la verdad a su ama de llaves y ésta quiso ir a buscar a Luis a quien culpaba de todos los males de su ama. Antoñona le pidió a Pepita que estuviese tranquila y que debía tratar de descansar.

Mientras tanto Luis, en su casa, trataba de quitarse de la mente la imagen de Pepita. Pensaba que él había decidido ser sacerdote y que estaba dispuesto a luchar contra todo lo que se opusiera a ello, aun tratándose de la pasión que sentía por Pepita. Pensaba en hombres santos que habían podido resistir a las tentaciones y sólo pedía a Dios que le diera fuerzas para poder luchar y vencer.

Al marcharse el padre Vicario Pepita quedó sola, de pie, en medio de la habitación. De pronto las lágrimas cubrieron sus hermosos ojos y su cuerpo cayó sobre el piso.

Allí, cubierta la cara con sus manos, siguió llorando. Así hubiera permanecido largo tiempo si en ese momento no llega Antoñona, quien, al verla, entró rápidamente en la habitación diciendo:

—Niña mía, ¿qué te ha dicho ese viejo tonto que te has puesto así? Estoy segura de que algo malo te ha dicho porque se ha ido y te ha dejado medio muerta. Sin decir más tomó a Pepita en sus brazos y la llevó con cuidado hasta el sofá.

—¿Qué te sucede, mi niña? Háblame, dime algo —dijo Antoñona.

Pepita seguía llorando y no respondía.

—Vamos, deja de llorar y dime que te ha dicho ese tonto Vicario —dijo Antoñona.

—Nada me ha dicho que pueda ofenderme —contestó Pepita.

Viendo que Antoñona esperaba que ella hablara, al fin se decidió a hacerlo:

—El padre Vicario me pidió con dulzura que me arrepintiera de mis pecados. Quiere que deje marchar a Luis y que le olvide. Yo he dicho que sí a todo. He prometido que olvidaré a Luis y que me alegraré de que se marche. Pero Antoñona, no puedo. Es algo superior a mí. Cuando el Vicario me lo pidió pensé que podría hacerlo; pero tan pronto se marchó, no sé que me sucedió y caí en el suelo. Yo había soñado una vida feliz junto al hombre que me enamora. Dios me lo quita y se lo lleva de mi lado y yo me quedo sola sin esperanzas. Las razones del padre Vicario son justas, pero yo amo a Luis y esta razón es más fuerte que todas las demás. Y si él me ama, ¿por qué no lo deja todo y me busca y viene a mí? No sabía yo lo que era amor. Ahora lo sé. No hay nada más fuerte en la tierra ni en el cielo. ¿Qué no haría yo por Luis? Y él por mí nada hace. No, Don Luis no me ama. Yo me engañé. Si me amase, lo sacrificaría todo por mí: la fama, la gloria, la idea de ser sacerdote y de dedicarse a Dios, todo. Dios me perdone por lo que voy a decir, pero por lograr su amor, yo dejaría que mi alma se perdiera.

—Estás loca, mi niña, no digas eso —dijo Antoñona.

—Tienes razón, no sé lo que digo —contestó Pepita—. Perdóname, Dios mío.

—Sí, hija mía, estás loca —respondió Antoñona—. El que tiene la culpa de todo es ese joven que te ha puesto así con sus miradas. Tengo deseos de ir a buscarlo y traerlo acá para que te pida perdón por el mal que te ha hecho.

—No, Antoñona —dijo Pepita—. Debo hacer lo que me aconseja el padre Vicario. Lo haré aunque en ello me vaya la vida. Si muero por él, él me amará, guardará mi imagen en su memoria, mi amor en su corazón y Dios que es tan bueno hará que yo vuelva a verle en el cielo con los ojos del alma y allí se amarán nuestros espíritus.

Antoñona, al oir las palabras de Pepita, aunque era una mujer fuerte sintió las lágrimas acudir a sus ojos.

—Vaya, niña, que me vas hacer llorar —dijo—. No pienses en morir. Debes descansar. Anda, trata de dormir.

Pepita cerró los ojos. Creyendo que estaba dormida, Antoñona le dio un beso en la frente, la miró de nuevo, dejó la habitación a media luz y cerró en silencio la puerta para no hacer ruido. Mientras ocurrían estas cosas en casa de Pepita, no se encontraba mucho más alegre en la suya Don Luis de Vargas.

Su padre había querido que lo acompañara a montar a caballo, pero el joven rechazó la invitación y prefirió quedarse en su habitación, tratando de quitarse de su mente la imagen de Pepita.

No debemos pensar que el joven no amaba a la viuda. Ya hemos visto por sus cartas la fuerza de su pasión. Pero había en su alma fuertes razones para luchar contra esta pasión: el amor a Dios por encima de todo, la idea de no ser rival de su padre y su deseo de llegar a ser un buen sacerdote.

Además, Luis era orgulloso. Tenía un fuerte carácter y creía que no podía haber en la tierra una fuerza que le hiciera cambiar de idea. Pensaba que él había decidido dedicar su vida a Dios y que todos así lo creían. No podía resistir la idea de que por el amor o las lágrimas de una mujer pudiera él cambiar de opinión. ¿Qué pensarían los demás si llegaran a saber que él se había rendido a ese amor? Contra esto se rebelaba el orgullo de Don Luis. ¿Qué se diría de él y sobre todo, qué pensaría él de sí mismo, si el sueño de su vida, sus ideas de gloria, fama y honra se destruían al calor de la mirada de los ojos de una mujer?

Recordaba las vidas de muchos santos que habían resistido tentaciones mayores que las suyas y no quería ser menos. Y pensaba que ellos, como él ahora, se habían enfrentado a esas tentaciones y habían sabido luchar y vencerlas. ¿Cómo iba a dejarse vencer por las lágrimas y los ruegos de una mujer, de la que ni aun estaba seguro de que fuera sincera en su amor? ¿Cómo iba a despreciar el amor de Dios por el amor de una mujer?

Pero cuando pensaba en todo esto y su espíritu se levantaba, de pronto aparecía la figura sencilla de Pepita Jiménez y volvía a comenzar la lucha dentro del alma del joven.

—IV—

Luis, acompañado de su primo Currito, decide ir al casino. Allí se encuentran con el conde de Genazahar, quien ante un grupo de personas comienza a hablar mal de Pepita. El conde odia a la joven porque ésta lo ha rechazado y en venganza habla mal de ella. Luis se siente ofendido al oír las palabras del conde; pero no se decide a salir en defensa de Pepita más que con palabras, pues teme al escándalo. Decide marcharse y regresa lleno de tristeza a su casa. No se atreve a decirle nada a su padre de lo que ha ocurrido, pues piensa que éste hubiera tomado una venganza que él no tomó. Al marcharse su padre, Luis vuelve a refugiarse en sus pensamientos.

Así se atormentaba Don Luis con estos pensamientos cuando entró Currito en su habitación.

Currito, que no había considerado mucho o nada a su primo mientras éste sólo se dedicaba a su idea de ser sacerdote, había cambiado de opinión al verlo montar en *Lucero*.

—Vengo a buscarte —le dijo— para que me acompañes al casino. ¿Qué haces aquí solo?

—Vamos donde tú quieras —contestó Luis disponiéndose a acompañar a su primo.

El casino estaba lleno de personas, ya que era la víspera de San Juan. A más de los señores del lugar había muchos que habían venido de otras partes para asistir a la feria y velada de aquella noche.

Currito llevó a Don Luis y éste se dejó llevar a la sala donde se encontraban los principales personajes del lugar. Entre ellos, el conde de Genazahar, de la vecina ciudad de. . . Era un personaje conocido y respetado por todos. Había visitado Madrid y Sevilla en varias ocasiones. Vestía muy bien y había tomado parte en la política del país.

Tenía el conde unos treinta años y era buen mozo. Estaba orgulloso de sus aventuras amorosas y decía que ninguna mujer se le había resistido nunca. A pesar de ello Pepita Jiménez era la única que había rechazado al conde. La herida que éste sentía por el desprecio de Pepita era muy grande. El amor se había vuelto odio en su corazón y con frecuencia hablaba mal de ella.

Quiso la mala suerte que en el momento en que el conde se refería a Pepita llegasen al lugar Don Luis y Currito. Don Luis, como si el mismo demonio lo hubiera querido así, se encontró cara a cara con el conde que esto decía en esos momentos:

—La tal Pepita Jiménez quiere hacernos olvidar que nació y vivió en la miseria hasta que se casó con aquel viejo y le cogió los pesos que éste tenía. La única cosa buena que ha hecho en su vida la tal viuda es ponerse de acuerdo con el demonio para enviar pronto al infierno a ese maldito viejo. Ahora le ha dado a Pepita por la virtud. Sabe Dios si nos está engañando con algún mozo y así se burla de todos.

Don Luis había estado acostumbrado a que nadie dijese delante de él cosas que pudiesen enojarlo. Cuando era niño, los criados y su familia siempre trataron de darle el mayor gusto. Después en el Seminario todos trataban siempre de halagarlo. Por ello sintió como si hubiera sido herido por un rayo al oir los insultos del conde y la forma en que éste hablaba de la honra de la mujer que amaba.

¿Cómo defenderla? No era ni esposo, ni hermano, ni familia de Pepita; podía defenderla como caballero, pero veía el escándalo que se produciría. Todos reían la gracia del conde. El, un futuro sacerdote, no era el llamado a defenderla sin levantar sospechas.

Pensó callar e irse del lugar, pero su corazón le ordenaba hacer algo. Y se decidió a censurar la actitud del conde y las palabras que éste había dicho.

Todos rieron y hasta el mismo Currito se burló de su primo. A nadie se le ocurrió compartir las palabras de Luis, quien al fin, vencido, decidió marcharse del lugar.

"Sólo esto me faltaba", dijo entre dientes el pobre Don Luis cuando llegó a su habitación. Al entrar en ésta, mil ideas vinieron a su mente.

La sangre de su padre le despertaba la ira y le aconsejaba volver al lugar y dar su merecido al conde; pero por otra parte él pensaba ser un sacerdote y debía saber perdonar y no dejarse llevar por el pecado de la ira. Además, el escándalo sería muy grande y llegaría hasta los oídos del Señor Deán. ¿Qué pensaría éste de él?

Recordaba los consejos que le había dado su padre y se arrepentía de no haberlos seguido.

"He hecho muy mal —se decía por último—, me he dejado llevar por la ira. No he seguido las palabras de Cristo. ¿Por qué me he de dejar vencer por la ira? La ira ha causado en los sacerdotes muchas lágrimas y muchos arrepentimientos. Dios mío, Tú eres un Dios de paz y mi primera virtud debe ser saber perdonar.

No ojo por ojo, ni diente por diente, sino amor a nuestros enemigos. Tú eres nuestro Padre que estás en el cielo y debemos ser perfectos como Tú, perdonando a quienes nos ofenden y pidiéndote que Tú los perdones, porque no saben lo que hacen. El sacerdote, el que va a ser un buen sacerdote, debe saber perdonar, debe ser manso de corazón. No puede ser como el árbol que se levanta orgulloso hasta que el rayo lo hiere, sino como la más humilde y sencilla flor del campo."

En todas estas cosas pensaba Don Luis cuando entró su padre en la habitación para llamarle a comer. Apenas comió y casi no habló en la mesa. Don Pedro, aunque vió la tristeza de su hijo, nada le preguntó y él tuvo buen cuidado en no decir nada a su padre de la ofensa que le había hecho el conde de Genazahar, ya que Don Pedro no pensaba ser sacerdote y rápidamente se hubiera tomado la venganza que Don Luis no tomó.

Al marcharse su padre, Don Luis quedó solo de nuevo y volvió a refugiarse en las ideas que le atormentaban.

—V—

Luis siente un ruido en su habitación y al volver la cabeza ve a Antoñona. Le pregunta qué desea y ésta le dice que ha venido para decirle que él es un mal hombre y que se ha portado muy mal con Pepita. Le pide que no se marche sin decirle adiós a la joven, que ésta sufre por su culpa, que tenga piedad y que si piensa en ser sacerdote, tiene que comenzar por sacrificarse él mismo. El joven cree que no debe ver más a Pepita, pero Antoñona le pide que no haga eso y al fin accede a ir a verla esa misma noche. Antoñona le dice que ella lo estará esperando junto a la puerta. Luis le promete que irá. Después que Antoñona se ha marchado, el joven se arrepiente de haber accedido a los ruegos de la mujer. Piensa en escribir una carta a Pepita, pero no lo hace y al fin comprende que lo mejor es ir a ver a la mujer que ama y decirle toda la verdad.

★

Hallábase Don Luis sentado en su habitación, solo, con la cabeza entre las manos, cuando sintió un ruido. Levantó los ojos y vió a su lado a Antoñona, que había entrado como una sombra y que le miraba con atención y con cierta mezcla de piedad y de odio.

Antoñona sabía que Don Pedro estaba durmiendo a esa hora y trató de hacer el menor ruido posible. Ella venía a hablar con Luis aunque no sabía lo que iba a decirle. Pero le había pedido al cielo que le diera facilidad para poder hablar con el joven.

Al verla Luis se sintió molesto y le preguntó:
—¿A qué vienes aquí? Vete.

—Vengo a hablarte de mi niña —contestó Antoñona—, y no me iré hasta que te diga todo lo que quiero decirte.

—Dí todo lo que tengas que decir —contestó el joven.

—Tengo que decirte que lo que estás haciendo con ella es una crueldad —dijo Antoñona—. Te estás portando como un mal hombre. Mi niña se va a morir sólo al pensar que te vas. Dime, ¿por qué viniste por aquí y no te quedaste allá con tu tío? Ella, tan libre, tan dueña de si misma, despreciando a todos los que la enamoraban, ha caído bajo tu traidor hechizo. No come, ni duerme. Tú, con tu figura de santo, la has conquistado como si fueras el mismo demonio. ¿Qué le has dado de beber? ¿Qué le has hecho?

—Antoñona —contestó Don Luis—, déjame en paz. Por Dios, no me atormentes. Yo soy un mal hombre, lo confieso. No debí mirar a tu ama, no debí darle a entender que la amaba; pero yo la amaba y la amo aún con todo mi corazón. No le he dado nada de beber, sólo el mismo amor que le tengo. Pero tengo que olvidar este amor. Dios me lo ordena. ¿Crees que no es grande el sacrificio que hago? Pepita debe ser fuerte y hacer el mismo sacrificio.

—Tú sacrificas en el altar a esa mujer que te ama —contestó Antoñona. A tí te queda algo en la vida que crees vale mucho más que ella, pero ¿a ella qué le queda? ¿Cómo ha de dar a Dios lo que no tiene? ¿Vas a engañar a Dios y a decirle: "Dios mío, ya que él no me quiere, ahí te lo ofrezco, no le querré yo tampoco?"

Don Luis no supo qué contestar a las palabras de Antoñona y sólo pudo decir:
—Yo no puedo hacer nada. Dime tú, ¿qué he de hacer?
—¿Qué has de hacer? —dijo el ama de llaves—. Yo te lo diré.

¿No eres tan santo? Pues los santos tienen piedad y además tienen valor. No huyas como un cobarde. Ve a ver a mi niña que está enferma.

—¿Y qué lograré con ello? —preguntó Luis.

—Tú irás allí y con tus palabras sabrás convencerla —contestó Antoñona—. Si le dices que la quieres y que la dejas sólo por Dios, su orgullo de mujer no se sentirá herido.

—Lo que me pides es peligroso para ella y para mí —dijo Luis. Creo que es mejor irme sin verla.

—No es verdad —dijo Antoñona—. Si te vas sin verla no sé que hará ella. Quizás trate de quitarse la vida.

—¡Qué horrible sería eso! —contestó el joven—. Me llenaré de valor e iré a verla.

—Me lo decía el corazón —dijo alegre Antoñona—. Yo sé que eres bueno.

—¿Cuándo quieres que vaya? —preguntó el joven.

—Esta noche a las diez —respondió Antoñona—. Yo estaré en la puerta y te llevaré junto a ella.

—¿Sabe ella qué has venido a verme? —preguntó Luis.

—Nada le he dicho —dijo el ama de llaves—, pero la prepararé para tu visita. ¿Me prometes que irás?

—Iré —respondió Luis de Vargas.

—Adiós. No dejes de ir. A las diez te esperaré en la puerta —dijo la mujer.

No puede negarse que Antoñona estuvo muy bien en su papel Era muy grande el afecto que sentía por Pepita y no podía permitir que la joven sufriera.

Señaló la visita de Luis a las diez de la noche porque ésta era la hora de las reuniones en casa de Pepita y ella quería evitar el escándalo a su ama.

Volvió a casa de su dueña muy satisfecha de sí misma y todo lo preparó con gran cuidado.

A Pepita nada le dijo, sólo a última hora le diría que Luis quería decirle adiós y que vendría a las diez de la noche.

A fin de que no vieran a Don Luis entrar en la casa, Antoñona pensó que por ser día de fiesta, esa noche y a esa hora, las calles estarían llenas de gente y nadie lo miraría. Entrar en la casa sería algo muy rápido y ella lo estaría esperando.

Antoñona imaginó que Pepita y Luis tendrían mucho que decirse y sería mejor que no hubiese nadie en la casa, por lo que ordenó que ya que era la noche de San Juan, sin despertar sospechas, se despidiera temprano a todos los criados. De esta manera la casa quedaría desierta; sólo estarían en ella Pepita, Antoñona y Don Luis.

Mientras Antoñona preparaba en su mente todas esas cosas, no bien se quedó solo Don Luis, se arrepintió de haber aceptado el ir a casa de Pepita.

Comprendió la trampa que le había preparado la hábil Antoñona y no vio razón alguna para ir a visitar a la joven viuda.

Ir a verla y caer bajo su hechizo le parecía una traición a Dios, al señor Deán y a su padre que quería casarse con la muchacha.

Ir a verla por última vez y decirle que estaba dispuesto a renunciar a su amor, le parecía mayor crueldad que marcharse sin verla.

Pensó entonces en escribirle una carta llena de afecto, donde le explicaba el motivo de no ir a verla, diciéndole todo el amor que por ella sentía; pero que por encima de todo estaba su amor a Dios y su promesa hacia El.

Cuatro o cinco veces comenzó la carta y nunca le gustó lo que en ella escribía. Unas veces le pareció fría, en otras halló miedo, no encontraba las palabras. En fin, no escribió la carta.

"No hay nada que hacer," —dijo Don Luis. "Tengo que ir a verla. Valor y vamos allá."

—VI—

Don Luis piensa que Dios va a poner en sus labios las palabras necesarias para convencer a Pepita de que él tiene la razón y que lo mejor es renunciar a ese amor culpable. Atormentado por la duda sale de su casa y se dirige al campo. Allí camina durante un largo rato, sin darse cuenta de que ya es de noche y que debe regresar al pueblo. Oye diez campanadas en el reloj de la iglesia y comprende que ya es tarde y debe reunirse con Pepita. Trata de que nadie lo vea llegar a la casa de ésta y rápidamente se dirige hacia allá. Al llegar siente una mano que lo toma del brazo. Es Antoñona, quien le pregunta la razón de que haya tardado tanto. El ama de llaves lo lleva hasta la habitación y le anuncia a Pepita que Luis ha venido a decirle adiós antes de marcharse.

★

Don Luis tenía la esperanza de que Dios iba a poner en sus labios las palabras necesarias para convencer a Pepita, y que fuera ella misma la que quisiera que él cumpliera su promesa, sacrificando así el amor que sentía por él. Luis le pondría como ejemplos a santas mujeres que han renunciado al amor de los hombres que aman y algunas hasta han llegado a pasar la vida entera junto a ellos, tratándolos como si fueran sus propios hermanos.

Pero Don Luis no estaba tan seguro de Pepita y hasta pensó en llamar a su padre y decírselo todo. Luego se detuvo ante esa idea y creyó que era mejor que su padre nada supiera. El podía contarle sus propios secretos, pero no los de Pepita.

Además, no creía que su padre debiera enterarse de que esa noche él iba a decirle adiós a Pepita. Mientras esto pensaba, grandes dudas llenaban su mente y sin darse cuenta, caminaba de un lado a otro de la habitación. Le parecía que el calor era terrible en aquellos momentos y que él necesitaba aire puro. Decidió salir y se marchó a la calle. Ya en la calle, huyendo de toda persona conocida, se dirigió al campo. Pensó que allí podía ordenar mejor sus pensamientos. Se sentía confuso y necesitaba paz para su espíritu.

Muy poco hemos dicho hasta ahora de la figura de Don Luis. Sépase que era un buen mozo en toda la extensión de la palabra: alto, moreno, bien formado, de ojos y cabellos muy negros, los dientes blancos. Se veía en él al joven de buena familia. Al ver a Don Luis hay que confesar que Pepita tenía fuertes razones para enamorarse de él.

Corrió Luis en dirección al campo, atravesó el arroyo, y cansado ya de caminar se sentó junto a una cruz de piedra. Allí de nuevo se entregó a sus pensamientos.

El sol se había ocultado y las sombras comenzaban a extenderse sobre los campos. Se acercaba la noche, pero Luis no se había dado cuenta de ello. Se puede decir que no se encontraba en este mundo: tan confusas eran sus ideas que no se daba cuenta de lo que pensaba.

La noche se fué acercando y las estrellas comenzaron a aparecer en el cielo que cambió su color azul por un color más oscuro, casi negro. La luna brillaba y aparecía por entre los árboles. Don Luis se sintió dominado, vencido por la maravillosa naturaleza. Llegó a dudar si iría a casa de Pepita, pero sabía que tenía que cumplir su palabra y con paso corto se dirigió al pueblo.

Cuando se iba acercando, el temor se apoderó de él. Esperó una señal, algo que le impidiera llegar a casa de ella, pero el cielo sonreía con sus mil luces y llamaba al amor. Las estrellas tambien se miraban con amor unas a otras y toda la tierra parecía más hermosa aquella tranquila noche.

En ese momento Luis oyó la hora en el reloj de la iglesia: diez campanadas que fueron como diez golpes que sintió en su corazón.

Con paso rápido, a fin de no llegar muy tarde, Luis llegó al pueblo. Las calles estaban llenas de gente. Las mozas iban acompañadas de sus novios o compañeros. Las mujeres y los niños paseaban alegres y contentos por las calles en esa noche de San Juan. Todo el pueblo estaba de fiesta.

Don Luis trató de no encontrarse a sus amigos y si los veía, se iba por otro lado. Así fue llegando poco a poco hasta la casa de Pepita. Miró el reloj y vio que eran las diez y media.

"Dios mío, hace media hora que me está esperando", —dijo—.

No bien entró Don Luis en la casa sintió una mano que lo tomaba por el brazo. Era Antoñona, quien dijo en voz muy baja:

—Ya creía que no venías. ¿Dónde has estado, demonio de hombre? ¿Cómo has tardado tanto cuando toda la belleza de la tierra te está esperando? Mientras Antoñona así hablaba, iba caminando con el joven que la acompañaba en silencio. Atravesaron el patio, subieron la escalera y llegaron hasta la puerta de la pequeña habitación donde los estaba esperando Pepita.

En la casa reinaba el silencio; sólo se oía de lejos el ruido que venía de la calle.

Antoñona abrió la puerta, dejó pasar a Luis y al mismo tiempo anunció:

—Niña, aquí está Don Luis que viene a decirte adiós antes de marcharse.

—VII—

El autor afirma que esta historia ocurrió en la vida real y que no se trata de algo imaginado por la mente de un novelista. De otro modo el encuentro entre los jóvenes amantes hubiera ocurrido en una isla desierta, donde habría sido más natural que la pasión de ambos se hubiera desatado.

Todo se debe, pues, a la habilidad de la fiel Antoñona, que preparó el encuentro de Pepita y Luis, y al hecho de que el joven no pudo o no quiso rechazar la invitación de ir a ver a su amada antes de marcharse del lugar.

Dicho esto, Antoñona se retiró de la sala dejando al joven y a Pepita.

Al llegar a este punto de nuestra historia, es necesario detenerse para explicar que la misma es verdadera y que ocurrió en la vida real. Si se tratara de hechos creados por la mente de un novelista, es seguro que el encuentro entre Pepita y Luis hubiera sido distinto. Quizás nuestros héroes hubieran sido sorprendidos por una tempestad en medio de un bosque, teniendo que refugiarse ambos en un lugar solitario y abandonado, donde hubiese sido más fácil que la pasión se hubiese desatado en los dos jóvenes. O quizás el autor nos hubiera hablado de un largo viaje por mar y al ocurrir un naufragio, Pepita y Luis se hubieran encontrado de pronto solos en una isla desierta, donde pudieran haber dado rienda suelta a su amor. En esa forma se comprendería mejor la actitud de Luis.

Debemos decir, pues, que todo se debe a la habilidad de Antoñona para reunir a los jóvenes amantes y al hecho innegable de que Luis aceptó ir a casa de Pepita. Si Luis hizo bien, o mal en ir y si ella se sintió alegre al saber que lo vería esa noche, no podemos culpar de ello nada más que a los propios personajes de la historia.

Mucho nos agrada a nosotros la figura de Pepita, pero ante todo debemos decir la verdad. A las ocho Antoñona le dijo que Don Luis vendría a verla y Pepita, que hasta ese momento hablaba sólo de morirse y no hacía más que llorar, cambió su actitud y pensó en tratar de parecer lo más bella posible ante los ojos del joven.

Dedicó gran parte del tiempo a arreglarse el cabello, trató de hacer desaparecer las huellas de las lágrimas y se vistió con un sencillo traje de casa. Permaneció más de una hora frente al espejo y sólo se sintió satisfecha cuando creyó que ya estaba dispuesta para recibir a Don Luis. Por último bajó a la sala donde estaba el altar del Niño Jesús. A solas frente a Él, rezó con todo su corazón y le pidió a la imagen que le dejase a Don Luis, que no se lo llevara de su lado, le dijo que El era rico y que otros estaban dispuestos a dedicarle su vida, mientras que ella sólo lo tenía a él y al perderlo, lo perdía todo. Aunque Antoñona le había dicho que el joven no vendría antes de la hora, al tardarse éste, Pepita comenzó a sentir temor y sólo estuvo tranquila cuando vio la figura de Don Luis. La visita comenzó de una manera fría y formal. Pepita sentada en el sofá. Luis frente a ella, pero bastante alejado. Después de los saludos de rigor, hubo un silencio tan difícil de mantener como de romper. Ninguno de los dos se atrevía a decir una palabra. Era en verdad una situación muy difícil. Pero vamos a tratar de recordar palabra por palabra lo que ambos hablaron aquella noche imposible de olvidar.

—VIII—

Al encontrarse frente a frente Pepita y Luis, ninguno de los dos se atreve a romper el silencio que se hace largo y terrible. Al fin, es Pepita la que habla primero y le pregunta extrañada a Luis cómo su padre no le ha acompañado. Le dice que ya ella había perdido las esperanzas de que él viniera a decirle adiós antes de marcharse. El joven se siente confuso y le contesta que su padre no sabe que él ha venido esa noche a casa de ella. Y que él venía a decirle adiós por última vez, pues estaba decidido a marcharse del lugar. Pepita comprende la actitud de su amado y decide defender su amor y jugarse la última carta que le queda. Le dice que ella cree que él va a ser un mal sacerdote, pues si una sencilla muchacha de campo como ella ha logrado despertar en él una pasión tan grande, ella está segura de que al conocer otras mujeres, será fácilmente conquistado por éstas. El joven le contesta que es ella la única mujer en el mundo que ha despertado en él esa pasión y que aunque conoce poco a las mujeres, está seguro de que podrá resistir el hechizo de ellas. Que él había creado en su imaginación una clase de mujer ideal, muy superior a la realidad, y que sólo ella podía ser la única mujer que él amase.

Fue Pepita la que al fin se decidió a romper aquel silencio que ya resultaba molesto y dirigiéndose a Luis, dijo:

—Al fin decidió usted venir a decirme adiós antes de marcharse. Ya había yo perdido las esperanzas de que así lo hiciera.

Luis, como es natural, se encontraba confuso y al principio no supo qué decir. Es justo que se diga que a veces hombres de gran experiencia, cuando se ven en estas situaciones difíciles, dicen tonterías. Es natural, pues, que Luis las dijera en ese momento.

—Su queja de usted no es justa —dijo Don Luis—. He estado aquí con mi padre para decirle adiós, pero como usted se hallaba enferma no pudimos verla. Todos los días hemos preguntado para saber cómo se encuentra usted. Me alegro de ver que ya está mejor. ¿Y ahora cómo se siente?

—Casi estoy por decirle a usted que no me siento mejor —respondió Pepita—, pero como le tengo un gran afecto a su padre y sé que es un gran amigo, quiero que usted le diga de mi parte que ya estoy bien del todo. Muy ocupado debe estar Don Pedro cuando no ha venido con usted.

—Mi padre no me ha acompañado, señora, porque no sabe que yo he venido a verla —contestó Luis—. He venido a decirle adiós, ya que me marcho. Mi padre volverá por aquí dentro de unos días; yo, es posible que no vuelva nunca más y si vuelvo, seré otro distinto al que usted ve ahora.

Pepita lo comprendió todo en aquel momento. La felicidad con la que había soñado desaparecía como una sombra. Su idea de vencer a aquel hombre, el único que había amado en la vida, era imposible. Don Luis se iba y con él se iban la juventud, la gracia y la belleza de ella que ya de nada le valían. Estaba condenada a vivir en una soledad eterna. Todo otro amor era imposible para ella. Pepita estaba decidida a todo, a vencer o a morir en la lucha. Ella, que no había sabido sino obedecer a su madre y a su primer esposo, y después mandar a todos los demás seres humanos, habló en aquella ocasión y se mostró tal como era.

Olvidó todas las leyes que la sociedad nos impone para ocultar nuestros verdaderos sentimientos. Su alma con todo lo que había en ella de pasión se presentó desnuda en estas palabras que Pepita dijo a Luis:

—¿Está usted seguro de que quiere dedicar su vida a Dios? ¿No teme usted ser un mal sacerdote? Señor Don Luis, voy a tratar de olvidar por un momento que soy una pobre muchacha de pueblo y voy a explicarle a usted lo que pienso de todo este asunto. Si una mujer de sencillas costumbres como yo, casi sin hablar con usted, a los pocos días de verle y tratarle, ha logrado que usted la mire con esas miradas de fuego, que indican amor y hasta ha conseguido que le dé usted una prueba de cariño, que en cualquiera es un pecado y más aun en un sacerdote ¿qué no se debe temer de usted cuando trate y vea y visite en las grandes ciudades a otras mujeres mil veces más peligrosas? Sí, Don Luis, usted se volverá loco cuando vea y trate a las grandes damas que viven en grandes palacios, que llevan hermosos trajes, y joyas valiosas, que hablan de literatura y de religión y de filosofía, que cantan, y adornan su belleza con nombres famosos. Si usted ha cedido a los pobres encantos de una muchacha de pueblo, a pesar de sus deseos de ser sacerdote, se ha dejado llevar por un capricho, ¿no tengo razón cuando pienso que usted va a ser un mal sacerdote, que estará amenazado de ceder a cada momento a los placeres del mundo? Créame usted, señor Don Luis y no se ofenda por ello, que me parece que usted no merece ser ni el esposo de una mujer honrada. Si usted ha estrechado sus manos con la ternura del más fiel amante, si usted ha mirado con miradas que prometían un cielo, un amor eterno, y si usted ha... besado a una mujer por la que nada sentía, vaya usted con Dios y no se case con esa mujer. Si ella es buena, no le querrá a usted para esposo, ni aun para amante; pero por amor de Dios, no sea usted tampoco sacerdote. La Iglesia necesita hombres de gran virtud. Por el contrario, si usted ha sentido una gran pasión por esa mujer, ¿por qué abandonarla y engañarla con tanta crueldad? Si usted la ama, ¿no cree que ella también lo ama a usted? ¿Y cómo no temer por ella si usted la abandona? ¿Tiene ella las fuerzas necesarias para poder resistir? ¿No comprende usted que ella morirá de dolor y que usted —que piensa en hacer grandes sacrificios— comenzará por sacrificar a quien más le ama?

—Señora —contestó Don Luis haciendo un gran esfuerzo—, yo también tengo que dominarme mucho para contestarle a usted. No vine con la idea de defenderme, pero la acusación que usted me hace en forma tan inteligente, me obliga a ello. Usted me condena y tengo que defenderme si no quiero parecer a sus ojos como un monstruo. Voy a contestar a sus razones. Aunque he pasado gran parte de mi vida junto a mi tío, en el Seminario, y he visto pocas mujeres, no crea usted por eso que no me las imaginaba en mi mente con toda su maravillosa belleza. Las mujeres, tal como yo las creaba en mi imaginación, eran superiores a la realidad. Yo conocía el precio del sacrificio que hacía, y quizás pensaba que era mayor cuando decidí renunciar al amor de esas mujeres para dedicarme a ser sacerdote. Conozco además el encanto de una mujer adornada con ricos trajes y hermosas joyas. Pero quiero decirle a usted que todo ello tal como lo imaginaba es muy superior a la realidad, y no lo dude usted, que de conocer a esas mujeres que usted dice, lejos de sentir amor por ellas, estaría más seguro aun de mi verdadera vocación religiosa.

Se hizo un minuto de silencio. Pepita no sabía que contestar a las palabras de Luis. Por un momento pareció que la visita había terminado y que ya los dos amantes nada tenían que decirse.

—IX—

Pepita le dice a Luis que lo real tiene más valor que lo imaginado. Luis le confiesa que la imagen de ella estaba dentro de su mente y de su alma desde hacía mucho tiempo; que ella es la mujer ideal con la que él había soñado siempre y que estaba escrito que algún día la encontraría en su vida.

Pepita le pide de nuevo que sacrifique todo por ese amor; que ella lo ama con todo su corazón y que sólo vive para él. Dice que le ha pedido a Dios que le quite la imagen de él de su vida, pero que no lo ha logrado. Luis le dice a Pepita que si ella cede a ese amor nada pierde con ello. En cambio él ha hecho una promesa a Dios y está dispuesto a cumplirla por encima de todo. La joven comprende que nada logrará y sale de la habitación, dejando solo a Luis. Antes de marcharse le pide que jamás vuelva a verla y le dice que él con su actitud la está matando sin que sus manos se llenen de sangre.

—Vaya —dijo Pepita—, no esperaba que usted me respondiera en esa forma. Pero yo le digo a usted que lo real tiene más encanto, más valor que lo soñado o lo imaginado, por muy hermoso

que esto sea. Las imágenes que usted se ha hecho no pueden ser nunca superiores a la realidad.

—Pues no lo crea señora —contestó Luis—. Mi imaginación es mucho más rica que toda la naturaleza, menos cuando se trata de usted.

—¿Y por qué de mí? —preguntó Pepita—. ¿Será quizás que la imagen que tiene usted de mí no está de acuerdo con la realidad?

—No, yo sé que la imagen que tengo de usted no es superior a la realidad —respondió Luis—, pero pienso que esa imagen estaba hace mucho tiempo en mi alma, antes de conocerla a usted; que fue creada por Dios. Es la imagen que tenía yo de la mujer ideal.

—Bien me lo temía yo —dijo Pepita—. Usted me lo confiesa ahora. Usted no me ama. Usted lo que ama es lo más puro de su alma, que ha tomado una forma parecida a mí.

—No, Pepita —dijo Luis—, no me atormente más. Esto que yo amo es usted tal cual es, pero es un amor puro y limpio. Como creo que existe Dios y que es superior a la idea que de El tengo, creo también que usted existe y que vale usted mil veces más que la idea que de usted tengo formada. La amé desde que la vi, casi antes de que la viera. Mucho antes de saber que la amaba, ya la amaba. Se diría que era algo que estaba escrito.

—Y si estaba escrito —dijo Pepita—, ¿por qué resistirse todavía? Sacrifique usted sus deseos a nuestro amor. ¿No he sacrificado yo mucho? Ahora mismo, al tratar de vencer su desprecio, ¿no sacrifico yo mi orgullo? Yo también creo que lo amaba a usted antes de verle. Ahora lo amo con todo mi corazón y sin usted no hay felicidad para mí. Es verdad que en mi pobre inteligencia no puede usted hallar rivales tan poderosos como yo los tengo en la de usted. Ni con la mente, ni con la voluntad, ni con el afecto logro llegar a donde ha logrado llegar usted. Mi alma está llena de piedad religiosa y conozco y amo a Dios; pero sólo conozco y admiro su poder y su bondad a través de las obras que han salido de sus manos. Yo soñaba con un hombre superior a todos los que he conocido, que lograra darme a conocer todo ese poder y esa bondad. Alguien que me amara y a quien yo amase. Ese alguien era usted. Lo supe cuando me dijeron que había llegado al lugar; cuando lo ví por vez primera. Pero como mi imaginación es tan pobre, la imagen que me había hecho de usted es muy inferior a la propia realidad. Estoy vencida y rendida desde el primer día. Si amor es lo que usted dice, si es morir en sí para vivir en la persona amada, mi amor es verdadero porque he muerto en mí y sólo vivo en usted y para usted. He querido olvidar este amor y no he podido. He pedido a Dios con mucha fe que me quite este amor o me mate y Dios no ha querido oírme. He rezado a la Virgen para que saque de mi alma la imagen de usted, pero no lo ha hecho. Viendo esto, he pedido al cielo que usted se deje vencer, que deje de ser sacerdote, que nazca en su corazón un amor tan profundo como el que hay en el mío. Sea sincero, Don Luis, ¿es que el cielo tampoco me ha concedido esa gracia? ¿Es que se necesita un amor más fuerte que el mío para vencer su alma? Soy yo tan pequeña que no merezco su amor?

—Pepita —contestó Luis—, no es que su alma sea más pequeña que la mía, sino que está libre y la mía no lo está. El amor que usted me ha inspirado es muy grande; pero luchan contra él mi obligación, mi promesa. ¿Por qué no he de decirlo sin temor a ofenderla? Si usted cede a mi amor, nada pierde. En cambio, si yo cedo al suyo, sacrifico a Dios por la criatura humana, destruyo la obra de mi voluntad, rompo la imagen de Cristo que estaba en mí. ¿Por qué en vez de bajar yo hasta el suelo, no se eleva usted hasta mí, por virtud de ese mismo amor que me tiene? ¿Por qué no nos amamos entonces sin pecado y sin mancha? Dios con el fuego puro de su amor llena las almas santas. Estas almas se aman como si amaran a Dios. Subamos juntos en espíritu esta mística y difícil escalera; mas para ello es necesario que nuestros cuerpos se separen; que yo vaya donde me llama mi deber y nos amemos para siempre en espíritu.

—¡Ay, señor Don Luis! —contestó Pepita—. Ahora comprendo toda la miseria de mi espíritu. Soy una pecadora. Mi espíritu no llega a comprender la pureza de ese amor que usted me pide. Para mí es usted sus labios, sus ojos, sus negros cabellos que deseo tocar con mis manos, su dulce voz, su cuerpo que me enamora. Sólo puedo verlo a usted a través de los sentidos. Mi alma nunca podrá llegar a esas altas regiones donde usted desea llevarla. Si usted se eleva a ellas, yo me quedaré sola, abandonada, pues no puedo acompañarlo en ese viaje ideal. Prefiero morir, merezco la muerte y la deseo. Tal vez, al morir, mi alma pueda acompañarlo en ese amor con que usted desea que nos amemos. Máteme usted antes para que nos amemos así. Máteme usted antes y ya libre, mi espíritu le podrá seguir a usted por todas las regiones, llegando hasta sus pensamientos más ocultos, viendo en realidad su alma, y no a través de los ted no sólo su alma, sino el cuerpo y la sombra del cuerpo y su nombre y su sangre y todo su ser. Máteme. Yo no soy cristiana. No puedo amarle de otra manera distinta a como lo he hecho hasta ahora.

Don Luis no sabía qué decir y callaba. Las lágrimas corrían por la hermosa cara de Pepita.

—Lo sé —dijo ella—, usted me desprecia y hace bien en despreciarme. Con ese justo desprecio me matará usted mejor que si lo hiciera con un puñal, sin que se manche de sangre las manos. Adiós. Lo voy a dejar libre. Adiós para siempre, mi amado Luis. sentidos como hasta ahora. Pero viva no puede ser. Yo amo en us-

—X—

Al quedarse solo Luis siente una gran piedad hacia Pepita y teme que ésta trate de quitarse la vida. Trata de detenerla, pero no lo logra. La sigue y entra tras ella en la otra habitación, perdiéndose en la oscuridad. La habitación donde hablaron queda sola . . .

Después de un largo rato Luis regresa y trae en su cara asomado el terror. Comprende que ha pecado contra sí mismo y contra Dios y que ya no hay perdón posible para él. Pepita regresa y le pide que se marche. Le dice que ahora sabe que él la desprecia más que nunca y que tiene razones poderosas para hacerlo; que toda la culpa de lo ocurrido es de ella y que él aún puede salvarse y lograr el perdón. Ante estas palabras, el joven comprende que no tiene más camino que amar a Pepita y sus labios se unen a los de ella. Le promete que ya no será sacerdote, que ha comprendido toda la verdad. Le dice que ahora sabe que en él no había verdadera vocación y sí mucho de orgullo. Al marcharse Luis, Pepita teme por un momento que éste la desprecie, pero comprende que ella no ha tenido la culpa por lo ocurrido; que el amor que Luis siente por ella es muy fuerte. Ya Luis sólo desea que Pepita sea su esposa y madre de sus hijos. Pero aún piensa en lo que dirán su padre, el Deán y el Señor Vicario cuando se enteren de toda la verdad.

Dicho esto, Pepita se levantó de su asiento y sin volver la cara se lanzó hacia la puerta que daba a la otra habitación. Luis sintió en ese momento una gran ternura y una gran piedad. Tuvo miedo de que Pepita muriese. La siguió para detenerla; pero no llegó a tiempo. Pepita pasó la puerta y se perdió tras ella. Luis sintió que un poder extraño lo dominaba; salió detrás de Pepita y su figura se perdió en la oscuridad.

Después de un largo rato, Don Luis apareció de nuevo. En su cara se veía retratado el terror; algo de la desesperación de Judas. Se dejó caer en el sofá y así permaneció un tiempo. Se podría pensar que acababa de dar muerte a Pepita. De pronto ella apareció, llegó hasta donde estaba Luis y dijo:

—Ahora, aunque ya tarde, comprendo todo el mal que hay en mí. Nada tengo que decir en mi favor; mas no quiero que creas que lo he hecho para perderte. Ha sido el espíritu del demonio que se ha apoderado de mí. Tú no eres culpable. El pecado no es tuyo, toda la culpa ha sido mía. Ahora te merezco menos que nunca. Vete, yo soy ahora quien te pide que te marches. Dios te perdonará. Busca un sacerdote que te libre de todo pecado. Dedícate a Dios y con tu santa vida, no sólo lograrás tu perdón, sino que también lograrás del cielo que me perdone a mí por el mal que te he hecho. Eres libre. Ahora me desprecias más que nunca y tienes razón para ello. No hay en mí ni honra ni virtud.

Luis nada contestó y Pepita después de unos minutos de silencio, dijo:

—Vete ya Luis y no permanezcas a mi lado por piedad. Yo tendré valor para sufrir tu olvido y hasta tu desprecio. Seré siempre tu esclava, pero lejos de tí, muy lejos para no traerte a la memoria esta terrible noche.

Don Luis no pudo más. Se puso de pie. Fue hacia Pepita y la levantó entre sus brazos, estrechándola contra su corazón mientras le decía:

—Alma mía, vida de mi alma, luz de mis ojos. El pecador y el miserable he sido yo. He sido un falso santo. No comprendo qué viste en mí para enamorarte como lo has hecho. Jamás hubo en mí, virtud. Si la hubiera habido, no hubiéramos pecado ni tú ni yo. La verdadera virtud no cae tan fácilmente. A pesar de tu hermosura, a pesar de tu amor, yo no hubiera caído si hubiera tenido una verdadera vocación. Dios me hubiera hecho el milagro de resistir. Haces mal en aconsejarme que sea sacerdote. Era sólo orgullo lo que me movía. Merezco tu desprecio y no soy digno del amor de Dios.

—No deseo que te consideres culpable —dijo Pepita—. Quiero que me escojas por amor. Vete si no me amas, si sospechas de mí. No quiero que te quedes junto a mí por una falta que no has cometido. No me quejaré si me abandonas y no vuelves a acordarte de mí.

Luis nada contestó. Las palabras ya no hacían falta. Tomó a Pepita entre sus brazos y sus labios se unieron a los de ella.

Poco más tarde entró Antoñona en la habitación diciendo:

—¡Vaya conversación tan larga! Tiempo es ya de que te marches, Don Luis. Son cerca de las dos de la mañana.

—Bien —dijo Pepita—, se irá al momento.

Antoñona salió y esperó fuera. Pepita se sentía feliz por primera vez en su vida. Las alegrías que no había tenido ni de niña, ni durante los primeros años de su juventud, por habérselo impedido su madre y su primer esposo, aparecieron de pronto en su alma, como las hojas que le nacen al árbol al retirarse los meses del largo invierno.

—Adiós, dueño amado. Adiós, dulce rey de mi alma —le dijo a Don Luis—. Yo se lo diré todo a tu padre, si tú no te atreves. El es muy bueno y nos perdonará.

Poco después los jóvenes se separaron.

Cuando Pepita quedó sola, lo primero que pensó fue en que si su actitud de esa noche haría creer a Luis que ella era una mala mujer. Pero después comprendió que todo había ocurrido sin ella preparar nada; que todo nació de un amor imposible de detener.

Pepita sabía que había pecado contra Dios y se sentía culpable. Pidió perdón a la Virgen y pensó en ir a confesarse al día siguiente y contarle al Vicario todo lo que había ocurrido aquella noche. Ella aceptaría toda la penitencia que éste le impusiera para lograr el perdón por los pecados cometidos, gracias a los cuales Don Luis decidió no ser sacerdote.

Mientras Pepita así pensaba, Don Luis dijo a Antoñona antes de marcharse:

—Antoñona, tú que todo lo sabes, dime quién es el conde de Genazahar y qué clase de relaciones ha tenido con tu ama.

—Vaya, ya comienzas a sentir celos —dijo el ama de llaves.

—No son celos. Sólo es deseo de conocer la verdad —dijo el joven.
—Mejor es así —dijo Antoñona—. Voy a decirte la verdad. El conde es un mal hombre. Enamoró a Pepita, pero ésta no lo quiso. Por esa razón arde de celos. Pero eso no impide que se guarde los mil pesos que le dio Don Gumersindo, gracias a los ruegos de Pepita, para salvarlo de una deuda de juego. Al morir Don Gumersindo, pensó que como mi ama había sido tan buena con él, aceptaría ser su esposa. Al rechazarlo ella, ese es todo el motivo de su odio.
—Adiós, Antoñona —dijo Don Luis y salió hacia la calle.
Ya en la calle, mientras se dirigía a su casa, mil pensamientos vinieron a la mente del joven. Se sentía feliz al pensar en la pasión que había inspirado en Pepita; en la hermosura de la joven que tanto amaba, y todo esto lo hacía sentirse el hombre más feliz de la tierra.
Por otra parte pensaba en el cambio que él había sufrido. ¿Qué diría el Deán? ¿Y el señor Vicario? ¿Y qué pensaría su padre? Tenía que decirles toda la verdad.
En cuanto a lo que él llamaba su caída, ahora veía las cosas de una manera distinta. Comprendía que su vocación, su deseo de dedicar su vida a Dios, todo era falso. Había en ello mucho de orgullo.
Luis se daba cuenta de que todo había sido idea suya; que él imaginaba que Dios lo había escogido a él entre otros. Ahora veía claro. Su idea de ser sacerdote había sido una creación de su mente.
Ya él no veía caída, sino cambio. Sabía que él no era digno de ser sacerdote y sólo pensaba ya en ser un buen padre de familia, cuidar a sus hijos, pues ya los deseaba, y ser el fiel esposo de Pepita.

—XI—

El autor nos dice que al principio creyó que la parte llamada Paralipómenos era obra del señor Deán, pero al leerla con cuidado comenzaron sus dudas debido a la libertad con que se tratan ciertos asuntos. A pesar de ello dice que no puede negar que fuera el propio Deán quien la escribiera, ya que no encuentra en esta parte nada que vaya contra la moral cristiana. En cuanto al asunto de ocultar su verdadero nombre, el autor piensa que el señor Deán lo hizo porque conocía a los clásicos y sabía que muchos historiadores y poetas antiguos tenían esa costumbre.

El señor Deán confiesa que al principio creyó de buena fe en la verdadera vocación de su sobrino, pero tan pronto comenzó a recibir cartas de éste, comprendió toda la verdad. Dice que él se siente satisfecho de que este cambio de Luis ocurriera antes de ser sacerdote y no culpa a Pepita Jiménez de lo ocurrido. Afirma que mucho hay que luchar y trabajar para ganar el cielo.

Al comenzar esta historia, dijimos que nos parecía que esta segunda parte o Paralipómenos, era obra del señor Deán, a fin de terminar de contar los hechos que no aparecían en las cartas; pero entonces no habíamos leído con cuidado lo que allí se decía. Ahora, al ver con la libertad con que se tratan ciertos asuntos, ello nos hace dudar de que haya sido el señor Deán el que haya escrito esta parte. Aunque no hay razón alguna para negar que él sea el autor de los Paralipómenos, pues no hay nada en ellos que se oponga a los principios de la moral cristiana. Por el contrario, si los leemos con cuidado, veremos que encierran toda una lección contra el orgullo y el pecado.

Muchos amigos nuestros afirman que de haber sido el señor Deán el autor, al referirse a Luis lo hubiera llamado *mi sobrino,* y hubiera hablado de cuando en cuando de sus ideas morales acerca de este asunto. Nosotros pensamos que el señor Deán sólo quiso contar lo ocurrido y nunca expresar su opinión ni comentar su idea sobre el problema.

En cuanto al asunto de ocultar su verdadero nombre, ello prueba no sólo que era un hombre humilde, sino que tenía buen gusto literario, ya que muchos poetas e historiadores antiguos ocultaban muchas veces sus nombres, aunque fueran ellos mismos los héroes de las historias o hechos que contaban. Tal es el caso de Jenofonte en la Anábasis. El señor Deán, que conocía los libros clásicos, no quiso nunca mezclarse ni mencionar su nombre y mucho menos dar su opinión acerca de los hechos.

En cambio, hizo algunos comentarios sobre lo que estaba ocurriendo; pero hemos creído que no debemos hablar de ellos para no dar mayor extensión a la obra. Haremos una excepción con la nota del señor Deán donde éste comenta el rápido cambio que ha visto en Luis de místico a no místico.

"Este cambio de mi sobrino, —dice—, no me ha sorprendido. Yo me dí cuenta de ello desde las primeras cartas. Luis me confundió al principio. Pensé que tenía verdadera vocación, pero más tarde comprendí que se trataba sólo de un espíritu de poeta."

"Alabado sea Dios —sigue diciendo el Señor Deán—, que ha querido darnos a conocer a tiempo la verdad. Mal sacerdote hubiera sido Luis si no acude a tiempo Pepita Jiménez. Hasta su falta de paciencia para tratar rápidamente de alcanzar la perfección hubiera debido darme mala espina, si no hubiera sido porque el amor de tío no me permitió darme cuenta de toda la verdad. ¿Es qué acaso no hay más que llegar y triunfar? ¿Es qué los favores del cielo se consiguen tan rápidamente? Contaba un amigo mío que cuando estuvo en ciertas ciudades de América era muy joven, y que al conocer a cualquier dama y tratar de conseguir sus favores ésta le contestaba: "Apenas llega y ya quiere... Trate de ganárselos. Si esto dijeron aquellas señoras, ¿qué no dirá el cielo de aquellos que tratan de ganarlo en un abrir y cerrar de ojos?"

"Mucho hay que hacer para lograr el favor de Dios. Mi sobrino quiso muy rápidamente ser un hombre perfecto y vean ustedes lo que ha sucedido. Lo que importa ahora es que sea un buen esposo; ya que no sirve para grandes cosas, por lo menos que sirva para las pequeñas, haciendo feliz a esa muchacha que no tiene mayor culpa que la de haberse enamorado de él como cualquier sencilla mujer del campo."

Hasta aquí, las palabras del Señor Deán, quien pensó que nadie iba a leer lo que él había escrito, sin contar conque el autor iba a hacerle la mala jugada de darla a conocer al pueblo.

Sigamos ahora nuestra historia...

—XII—

Don Luis, al salir de casa de Pepita, se siente confuso y atormentado por lo que acaba de ocurrir. Compara su vida con la de esos santos que supieron resistir todas las tentaciones. El está decidido a casarse con Pepita y sólo piensa en las dos cosas que se oponen a ello: el disgusto que se llevará su padre y el deseo que siente él por vengar la ofensa del conde a Pepita. Se dirige al casino y allí encuentra al conde a quien vence en el juego. Al pedirle el conde que le dé otra oportunidad, Luis se niega y le responde que no confía en su palabra de caballero. El conde se siente ofendido y tiene lugar el duelo entre ambos hombres. Luis logra herir al conde y confuso y atormentado por lo que acaba de hacer es acompañado por sus amigos hasta su casa.

En medio de la calle y a las dos de la mañana Don Luis iba pensando en el perpetuo idilio que le esperaba. No había sabido resistir al tierno amor de Pepita; no había sido él como esos santos cuyas vidas conocía y que habían podido resistir todas las tentaciones de esta tierra y a los que tantas veces él había querido tomar como ejemplos.

Recordaba a San Vicente y a San Eduardo y a Ruth y a Booz. De todas maneras, no se negaba Don Luis a sí mismo que había destruído su ideal antiguo. Los que no tienen ni han tenido nunca ideal alguno no piensan en ello, pero Luis sí lo tenía y eso le preocupaba. Pensaba ahora en fundar con Pepita un hogar lleno de virtud y de religión, que fuese un espejo donde pudieran mirarse las familias, y unir por último el amor del matrimonio con el amor a Dios, para que El estuviese siempre presente en este hogar hasta que el cielo decidiese llevárselos juntos a mejor vida.

Para conseguir todo ello se oponían dos cosas que era necesario vencer. Una era el disgusto que se llevaría su padre al saber la verdad. La otra era mucho más grave. Cuando Don Luis pensaba ser sacerdote estuvo bien al defender a Pepita de los insultos del Conde de Genazahar con discursos morales en lugar de tomar la venganza necesaria. Pero ahora que ya no iba a ser sacerdote, que debía decir que Pepita era su novia y que pensaba casarse con ella, el asunto era distinto.

Don Luis, a pesar de sus ideas cristianas y de su ternura hacia los demás seres humanos, creía que el conde debía arrepentirse de sus palabras. Si éste no lo hacía, tendría el joven que enfrentarse con el conde para salvar el honor propio y el de la mujer que iba a ser su esposa. Don Luis sabía que el verdadero cristiano rechaza el duelo y que Pepita no necesitaba de la sangre de nadie para quedar pura de toda mancha. Sabía además que el conde no sentía lo que había hecho sólo por venganza al verse rechazado. Pero Luis también sabía que no podría sentirse nunca tranquilo si no vengaba la ofensa. Decidido a todo pensó ir al casino, pues sabía que a esa hora el conde se encontraría allí jugando. No lo pensó más y se dirigió al lugar donde podría encontrar a su rival.

El casino estaba abierto, pero había pocas personas. Sólo vió luz en una de las salas y hacia allí se dirigió. Desde la puerta vió al conde de Genazahar que jugaba con otras personas, entre ellos el médico y Currito. Luis, sin ser visto por ellos, salió del casino y se dirigió rápidamente a su casa. Subió hasta su propia habitación, tomó unos tres mil reales y los guardó. Volvió de nuevo al casino.

Al llegar, los jugadores le vieron.

—¿Tú por aquí a estas horas? —dijo Currito.

—¿De dónde sale usted, cura? —dijo el conde—. ¿Viene a decirme otro sermón?

—Nada de sermones —contestó Luis—. He decidido no ser sacerdote. Me he dado cuenta de que Dios no me llama por ese camino y he escogido otro. Soy un hombre joven y debo aprovechar la juventud.

—Vamos, me alegro —dijo el conde.

—Veo que se juega. ¿Qué pensaría usted si yo le ganase, señor conde? —dijo Luis.

—Tendría gracia. Se ve que usted ha comido bastante.

—Como lo que quiero —respondió Luis.

—Vaya con el mozo —dijo el conde molesto. Y por un momento pareció que iba a venir la tempestad, pero al fin la paz se estableció de nuevo.

Don Luis se sentó a jugar y sacó todo su dinero.

—Me parece que entiendo este juego —dijo—. Pongo dinero a una carta. Si sale, gano yo, y si sale la contraria es usted el que gana.

—Así es —dijo el conde.

Don Luis comenzó a jugar y con gran sorpresa del conde que creía que el joven no entendía nada de juego, el mozo comenzó a ganar.

El conde comenzó a senitrse molesto.

—Tendría gracia que este mozo me ganara —dijo.

—El fin de todo esto es ver si yo me llevo ese dinero o si usted se lleva el mío —dijo Luis—. ¿No es verdad, señor conde?

—Así es —dijo éste.
—Pues ¿para qué vamos a estar aquí toda la noche? Es hora ya de que me retire.
—¿Qué es eso? ¿Se piensa usted ir? —preguntó el conde.
—Al contrario —dijo Luis—. Dime, Currito ¿no tengo aquí yo más dinero del que hay en la banca?
Currito miró y contestó:
—Sin duda alguna, así es.
—Pues vamos —dijo Luis—. Lo que yo pienso es jugar todo este dinero contra todo el que usted tiene.

El conde, que tenía todo su dinero puesto en la banca en ese momento, se asustó; pero no pudo dejar de aceptar lo que Luis le ofrecía. Fue lanzando cartas, pero no salía ningún tres. Por último se detuvo y comprendió que había perdido el juego.

—El cura me ha ganado —dijo—. Recoja usted el dinero.

Luis muy tranquilo así lo hizo. Después de un corto silencio, el conde habló de nuevo:

—Cura, es necesario que me dé usted otra oportunidad de ganar.

—No veo razón para ello —contestó Luis de Vargas.

—Me parece que entre caballeros... —dijo el conde—. Déme usted la oportunidad.

—Sea —dijo Don Luis—. Quiero hacerlo, pero un momento. Entendámonos antes. ¿Dónde está el dinero de la nueva banca de usted?

El conde se sintió confuso.

—Aquí no tengo dinero —dijo— pero me parece que mi palabra es bastante.

—Señor conde —dijo Luis—, yo confiaría en la palabra de un caballero, si no temiese perder su amistad que casi voy conquistando; pero desde que ví esta mañana la crueldad con que usted trató a ciertos amigos míos a los que usted debe dinero, no quiero yo caer en la misma falta. Al prestarle dinero, usted no sólo no me pagaría, sino que además hablaría mal de mí como ha hecho con Pepita Jiménez.

Como el hecho era cierto, la ofensa fue mayor. El conde lleno de ira se puso de pie y dijo:

—¡Mientes, voy a destrozarte con mis propias manos!

Don Luis levantó su brazo derecho y golpeó la cara del conde. Este se lanzó sobre Luis para destrozarle, pero el médico y Curri-

to lo impidieron.

—Déjame que lo mate —dijo el conde.

—Yo no trato de evitar un duelo —dijo otro de los presentes. Sólo trato de que no luchen aquí.

—Que vengan armas —dijo el conde—. Quiero luchar con este cura en el acto.

—¿Quieren luchar con sables? —preguntó alguien.

—Está bien —dijo Luis.

—Vengan los sables —respondió el conde.

Era todavía de noche. Consiguieron los sables al momento. Como sabemos, Luis nunca había tenido un arma en su mano y el conde, aunque no había pensado nunca en ser sacerdote, tampoco sabía muy bien cómo usar un arma.

Se cerró la puerta de la sala. La lucha entre dos personas que no sabían defenderse debía ser breve y lo fue. La batalla entre ambos hombres fue problema de minutos. El conde, lleno de ira, se lanzó cuatro veces contra Luis, pero no pudo herirlo. El joven puso a prueba toda su fuerza para no caer derribado por los golpes del conde. Este, al fin, logró herir a Luis y la sangre del joven comenzó a correr por la herida abierta aunque la herida no era grave. Luis dejó caer el sable y logró herir al conde en la cabeza. La sangre corrió por la frente de éste y luego por la cara. Confuso por el golpe, el conde cayó al suelo derribado.

Don Luis hasta ese momento había estado sereno, pero no bien vió a su contrario por tierra lleno de sangre y como muerto, se sintió lleno de temor. El, que nunca había pensado matar a nadie, acaso acababa de hacerlo. El, que aun cinco horas antes quería ser sacerdote, había faltado a las leyes de Dios y había cometido el peor de todos los pecados.

El estado de Luis en esos momentos era terrible. Su herida no era grave, pero Currito y el capitán decidieron acompañarlo a su casa.

—XIII—

Al ver Don Pedro de Vargas a su hijo herido quiso tomar venganza por su propia mano, pero sus amigos le dijeron que ya Luis lo había hecho. Cuando Luis estuvo bien decidió contarle toda la verdad a su padre, pero con gran sorpresa de su parte, vio que és-

te lo sabía todo. El Señor Deán había escrito a su hermano contándole todo lo que había descubierto entre Luis y Pepita y aconsejándole que debía evitar el escándalo. Don Pedro le contestó que él no deseaba que su hijo fuera sacerdote, pues quería verlo casado y feliz con una buena mujer y que aunque él había pensado que al quedarse solo podría casarse con Pepita, se alegraba de que fuera de su hijo de quien ésta se hubiera enamorado y que se sentía orgulloso por ello. Le dice a su hermano que él hará todo lo posible para que esos amores se conviertan en matrimonio y para ello cuenta con la ayuda de Antoñona. Cuando Don Pedro termina de leer las cartas, Luis se abraza llorando a su padre.

Don Pedro de Vargas se levantó rápidamente cuando le dijeron que su hijo venía herido. Acudió a verle, pero comprendió que las heridas no eran de cuidado. Al enterarse de lo ocurrido quiso tomar venganza por aquella ofensa y no se sintió tranquilo hasta que se enteró de que ya Don Luis la había tomado por sí mismo.

El médico vino poco después a curar a Luis y anunció que éste podía en tres o cuatro días salir de nuevo a la calle. El conde, en cambio, tenía para meses, aunque su vida no corría peligro ya. Al volver en sí pidió que le llevaran a su pueblo y marchó acompañado de sus criados.

A los cuatro días, como había dicho el médico, ya Luis estaba bien y podía salir a la calle. El primer deber que Luis creyó que necesitaba cumplir fue confesar a su padre sus amores con Pepita y contarle la intención que él tenía de casarse con ella. Don Pedro había permanecido todo el tiempo junto a su hijo y no se había separado ni un minuto de él.

Después que el médico se retiró, Don Pedro quedó solo con Luis y éste decidió hacerle la difícil confesión a su padre.

—Padre mío —dijo Luis—, yo no debo seguir engañándolo a usted por más tiempo. Tengo que confesarle algo que no puedo ocultar más.

—Muchacho —dijo Don Pedro—, si es confesión lo que vas a hacer, mejor será que llames al Padre Vicario. Yo te voy a dar mi perdón de todas maneras. Pero si es que quieres confiarme algún secreto, como a tu mejor amigo, comienza, que te escucho.

—Lo que tengo que confesar a usted —dijo Luis—, es una grave falta mía y no sé cómo comenzar.

—Pues ya puedes ir hablando —dijo Don Pedro.

—Mi secreto —dijo el joven—, es que estoy enamorado de... Pepita Jiménez y que ella...

Don Pedro interrumpió las palabras de su hijo y dijo:

—... Y que ella está enamorada de tí y que la noche de San Juan estuviste en su casa hasta las dos de la mañana y que por ella te enfrentaste al conde de Genazahar. Pues hijo, gran secreto me confías. Todos ya lo saben en el lugar. Lo único que parecía posible ocultar fue tu visita a casa de ella esa noche, pero unas gitanas te vieron salir de allí y se lo contaron a todo el mundo. Pepita, además, no se oculta mucho que digamos. Desde que estás enfermo viene aquí dos veces al día y otras tantas envía a Antoñona y si no ha entrado a verte es porque yo me he opuesto a ello.

La confusión de Luis era terrible al oir las palabras de su padre.

—¡Qué sorpresa debe haber sido para usted! —dijo el joven.

—Nada de sorpresa, muchacho —contestó Don Pedro—. En el lugar sólo se saben las cosas desde hace cuatro días y la verdad es que al principio todos se sorprendieron. El pobre Vicario no sale de su asombro. Pero a mí, las noticias no me han sorprendido, sólo tu herida. Los viejos nos damos cuenta de todo. No es fácil que los jóvenes logren engañarnos.

—Es verdad —dijo Luis—. He querido engañarlo. He sido un hipócrita.

—No seas tonto —dijo Don Pedro—. Yo sabía desde hace dos meses lo de tus amores con Pepita, pero lo sé porque tu tío el Deán a quien escribías y le contabas todo, me ha escrito y me lo ha dicho. Oye la carta de tu tío y la contestación que le dí. Las he guardado para este momento.

Don Pedro sacó unos papeles y leyó lo que sigue:

Carta del Deán.— "Mi querido hermano: Siento mucho tener que darte una mala noticia; pero confío en que Dios habrá de concederte la paciencia necesaria para que no te enojes. Luisito me escribe hace días extrañas cartas, donde descubro a pesar de que él lo niega, cierto interés hacia una joven viuda que hay en el lugar. Yo hasta ese momento había creído que la vocación de Luis era verdadera y me sentía orgulloso de poder hacer de él un sabio sacerdote que serviría de ejemplo a los demás; pero las cartas referidas han venido a destruir mis ilusiones. Luis aparece

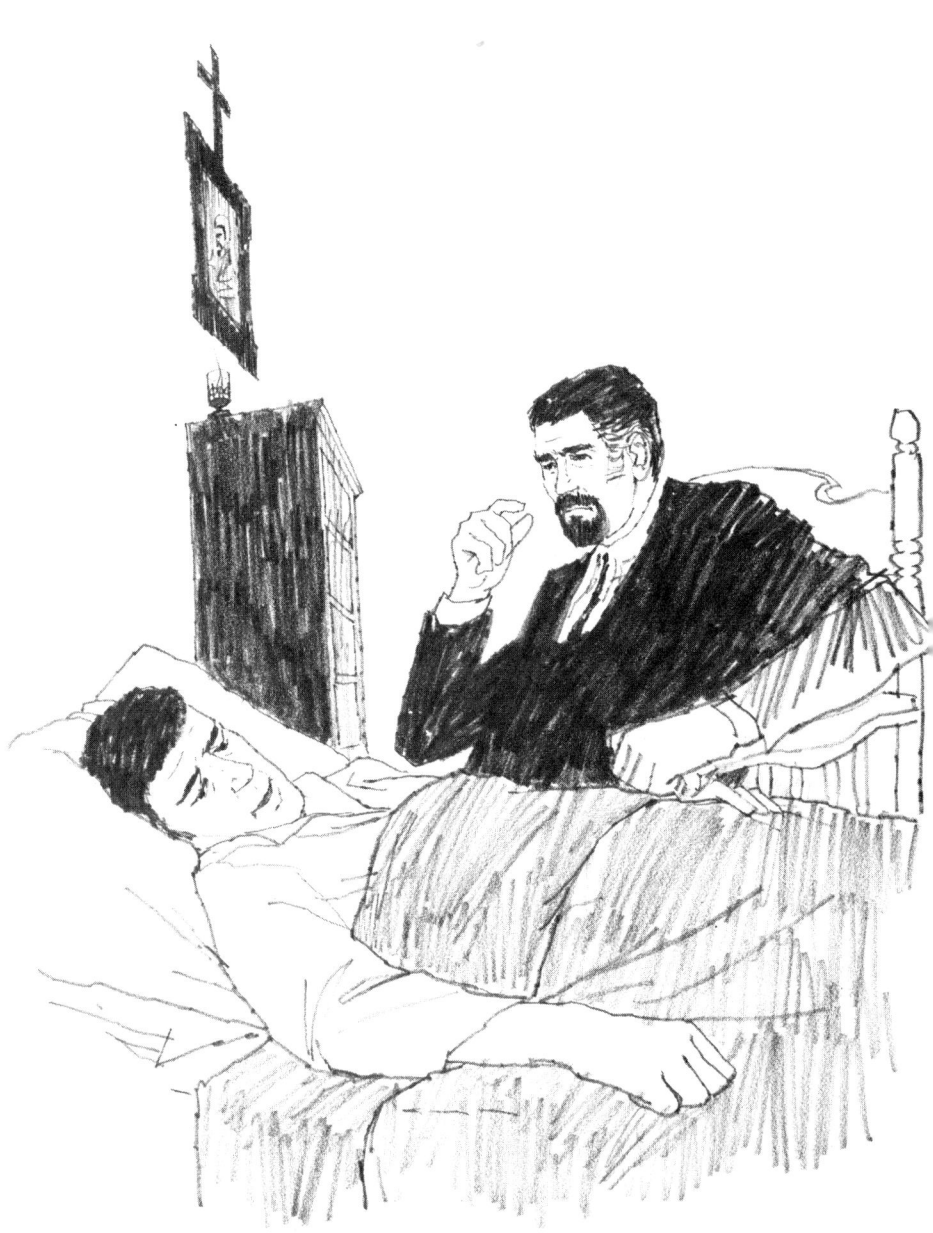

en ellas más como un poeta que como un verdadero sacerdote y la viuda, que me imagino que es el mismo demonio, logrará conquistarlo con poco que haga. Aunque yo escribo a Luis, convenciéndolo para que huya de la tentación, doy por seguro que caerá en ella. No debo sentirlo, pues prefiero que se conozca la verdad antes de que sea tarde y es mejor que no llegue a ser sacerdote. Yo creo que Luis debe permanecer ahí a tu lado, a fin de que a través de la viuda se sepa si es verdad que hay en él oro puro o por el contrario ese oro está mezclado. Pero lo difícil del problema es que según las noticias que tengo, tú enamoras a la tal viuda y sería terrible que tu hijo fuera tu propio rival. Esto sería un escándalo y para evitarlo te he escrito. Espero tú decidas si lo envías acá o vienes con él".

Don Luis oía a su padre en silencio y con los ojos bajos. Don Pedro siguió leyendo:

—A esta carta del Déan, contesté lo que sigue:

Contestación.— "Mi querido hermano y padre espiritual: Mil gracias te doy por las noticias que me envías y los valiosos consejos que me das. Aunque yo me consideraba bastante inteligente, confieso que en esta ocasión he sido torpe. El orgullo no me ha dejado ver la realidad. Pepita Jiménez, desde que llegó mi hijo, me ha dado grandes muestras de afecto. Ello me dió muchas esperanzas, pero ha sido necesaria tu carta para que yo comprendiera toda la verdad. Ahora sé que al mirarme a mí, no era a mí a quien miraba, sino al padre del hombre que amaba. No te negaré que este desengaño me ha dado una gran tristeza, pero ésta se ha convertido en alegría. Me separé de mi hijo y te lo entregué para que me lo educaras, pues mi vida no era un buen ejemplo para él. Tú fuiste más allá de mis deseos y mis esperanzas y pensabas hacer de él un futuro Padre de la Iglesia. Tener un hijo santo hubiera sido motivo de orgullo para otro padre, pero yo soñaba con verlo casado y feliz y lleno de hijos, que hubieran sido la razón de mi vida en los últimos años. Tal vez, al saber que Luis iba a ser sacerdote, pensé que me quedaría solo y fue entonces cuando decidí poner los ojos en Pepita Jiménez, que te diré es una criatura muy hermosa y con un gran corazón y lo más lejos posible de ser el espíritu del mal como tú la imaginas. Te juro que si ella tuviera diez y seis años y yo ochenta, como Don Gumersindo, esto es, si viera la muerte a mis puertas, me casaría con ella para que en el momento de mi muerte me sonriera como los angeles. Pero yo no tengo ochenta años, sino cincuenta y cinco. Estoy en la peor edad, porque ya comienzo a sentirme viejo, pero creo que ni en veinte años me moriré. Te puedes imaginar el futuro que le esperaría a Pepita si se casara conmigo. A los pocos años me odiaría a pesar de lo buena que es. Porque es buena, no ha querido sin duda aceptarme por esposo, a pesar de las veces que se lo he pedido. ¡Cuánto se lo agradezco! Y cuán orgulloso me siento al pensar que si no me ama, ama mi sangre; se ha enamorado de mi hijo. Dios los bendiga y los haga felices. Lejos de llevarte a Luis otra vez, se quedará conmigo y lucharé contra su vocación. Sueño ya con verle casado. Me voy a sentir joven otra vez, cuando los vea unidos por el amor y cuando me den varios nietos que estén junto a mí todo el día. Estos niños que serán rubios y hermosos como su madre, me van a parecer rosas del paraíso y jugarán conmigo y me besarán y me llamarán abuelo. ¿Qué quieres? Cuando yo era joven no pensaba en estas cosas, pero ya me voy sintiendo viejo y sólo deseo ser feliz en los últimos años. Y no creas que voy a esperar que todo esto se convierta en realidad, sino que voy a hacer todo lo posible porque lo sea. En esa labor me va a ayudar mucho Antoñona, la fiel ama de llaves de Pepita. Ya hemos hablado sobre ese asunto y por ella sé que Pepita está muerta de amores. Hemos acordado, ella y yo, que parezca que yo no sé nada de todo esto. El padre Vicario, sin saberlo, me está siendo muy útil, pues siempre le está hablando a Pepita de Luis y a Luis de Pepita; de manera· que este buen señor se ha convertido en el mejor mensajero de estos amores. ¡Oh, milagros del amor y de la inocencia! A través de él, los amantes se dicen todo lo que piensan el uno del otro y sin ambos saberlo. Tan poderosa combinación de fuerzas tiene que dar buen resultado. Ya te lo diré cuando te anuncie la boda para que vengas a hacerla o envíes a los novios tu bendición y un buen regalo".

Así acabó Don Pedro de leer su carta y al volver a mirar a Luis, vió que éste lo estaba escuchando con los ojos llenos de lágrimas.

El padre y el hijo se dieron un fuerte abrazo.

XIV

Al mes justo de haber hablado Luis con su padre tiene lugar la boda del joven con Pepita. Todo el pueblo va a la fiesta y el Señor Vicario es quien casa a los jóvenes. El Señor Déan se excusa de ir, pero envía su bendición a los novios. Don Pedro se siente el hombre más feliz de la tierra. Antes de terminar la fiesta Pepita y Luis se dirigen a casa de la novia. La llegada de Luis a la casa es ahora muy distinta de la última vez. Al entrar allí se había sentido como un ladrón y ahora llega como dueño y señor.

Al mes justo de haber hablado Luis con su padre tuvo lugar la boda de Pepita Jiménez con el joven Vargas.

El Señor Déan sintió temor de que su hemano se riera de él y le dijera en su propia cara que era falsa toda la vocación que él había creído ver en el joven. Por esa razón no quiso ir a la boda y se excusó, pero no sin antes enviar su bendición a los novios y un bello regalo a Pepita.

El padre Vicario tuvo el gusto de casarla con Don Luis.

La novia estaba muy hermosa y a todos les pareció que estaba más bella que nunca. Se veía que era muy feliz.

Aquella noche, Don Pedro dió una fiesta en el patio de su casa. Criados y señores y todas las señoras, señoritas y mozas del lugar estuvieron presentes en ella, y se mezclaron esa noche en que todos se sentían felices. Un gitano y una gitana del lugar cantaron canciones de amor en honor de los novios.

Don Pedro también se veía feliz. Parecía un joven de veinte años. Bailó con Pepita y con muchas criadas y mozas del lugar. Cuando terminaba de bailar, a cada una de ellas les daba un abrazo y a no pocas les daba también un beso. También bailó con Doña Casilda, la que a pesar de sus protestas, no pudo negarse a ello.

Por último, bebió y brindó tantas veces con Currito, que a éste hubo que llevarlo a su casa, pues no podía mantenerse en pie.

La fiesta terminó a las tres de la mañana; pero ya los novios se habían marchado mucho antes a casa de Pepita. Don Luis regresó a esa casa, pero esta vez entró como dueño y señor en la

misma habitación donde había entrado un mes antes, a oscuras, como un ladrón.

Aunque es costumbre en el lugar hacer mucho ruido frente a la casa donde se encuentran un viudo o una viuda que se casan por segunda vez, Pepita y Luis eran tan queridos en el pueblo que nadie quiso molestarlos aquella noche en que todos sabían que los jóvenes eran tan felices.

—XV—

— EPILOGO —

CARTAS DE MI HERMANO

El autor ha decidido dar a conocer las cartas que escribió Don Pedro de Vargas a su hermano, el Señor Déan, desde la boda de su hijo Luis hasta cuatro años después. Para ello, el autor reúne partes de esas cartas en un Epílogo que tiene como fin dar a conocer la vida de los otros personajes de la obra.

Antoñona marchó a vivir junto a su esposo con la promesa de que éste dejara de beber. Currito se ha casado con la hija de un rico campesino del lugar. El Conde de Genazahar ha recuperado de sus heridas y parece otra persona. El hermano de Pepita, que vive en La Habana, se ha convertido en un hombre rico y respetado. El padre Vicario murió en brazos de Pepita quien estuvo junto a él en sus últimos momentos.

Luis se siente feliz en unión de su esposa e hijo, pero a veces se llena de amargura su corazón cuando compara su vida con la del padre Vicario y piensa en el ideal soñado por él de ser un buen sacerdote; aunque afirma que el hombre puede amar y servir a Dios, amándole a El a través de los otros seres y criaturas de la Naturaleza.

La historia de Pepita y Luis debiera terminar aquí. Este epílogo no es necesario, pero estaba entre los papeles del señor Déan y por lo menos, aunque no completo, queremos dar a conocer parte de él.

Nadie debe dudar de que Pepita y Luis, unidos por un gran amor y casi de la misma edad, hermosa ella, buen mozo él y llenos de bondad ambos, vivieron felices el resto de sus vidas; pero debemos decirlo en este epílogo para que todos lo sepan.

El epílogo sirve además para dar noticias sobre los otros personajes que han aparecido en la obra y cuyas vidas pueden haber interesado a los que la han leído.

El epílogo está formado por las cartas de Don Pedro de Vargas a su hermano, el señor Deán, desde el día de la boda de su hijo Luis hasta cuatro años después.

Veamos partes de algunas de estas cartas:

Luis se muestra muy agradecido de Antoñona, sin cuya ayuda no estaría casado con Pepita; pero esta mujer es la única persona que conoce la intimidad de ellos y tan enterada de todo no podía menos que molestar. Luis ha logrado que Antoñona se reúna de nuevo con su esposo, de quien se hallaba separada, pues éste bebía mucho. Antoñona, aunque no quería debido al mal trato que su esposo le daba, aceptó perdonarlo siempre que éste prometiera cambiar en lo adelante. Antoñona y su esposo fueron a vivir a otro pueblo y él se ha dedicado a la venta de vinos. Allí viven felices y contentos. El esposo de Antoñona de cuando en cuando bebe; pero ella ha logrado que lo haga de tarde en tarde y cada día menos.

Currito ha buscado novia para no ser menos que su primo a quien admira más que nunca y se ha casado con la hija de un rico campesino del lugar.

El Conde de Genazahar a los cinco meses ha podido levantarse, ya curado de sus heridas, y según dicen es otro hombre. Ha pagado a Pepita casi toda la deuda que tenía con ésta.

El padre Vicario ha pasado a mejor vida. Todos lo han llorado en el lugar. Pepita estuvo junto a él hasta el último momento y fue quien le cerró los ojos. El padre tuvo una dulce muerte como era de esperar en un hombre de sus bondades. A pesar de su vida de santo él se consideraba un pecador. En el momento de su muerte rogaba a todos que pidiésemos por él para obtener el perdón de Dios.

La muerte del Vicario fue muy sentida por Luis, quien compara su vida con la de este santo hombre que si bien era de pocas luces, dedicó su vida a la vocación y a la caridad. Luis se siente inferior cuando piensa en el Vicario y esto trae gran amargura a su corazón; pero Pepita en esos momentos trata de amarle más todavía para quitarle esas penas.

Todo es felicidad en nuestra casa. Yo he aconsejado a Pepita y a Luis que den un buen viaje por Francia, Italia y Alemania, donde pueden comprar libros y adornos para su casa.

El día que se cumplió un año de la boda tuvo lugar el bautizo de su hijo. El niño es hermoso como un sol. Le han puesto mi nombre. Yo estoy soñando con que llegue el día en que hable.

Para que todo le salga bien a estos enamorados esposos, se han recibido cartas de La Habana y se sabe por ellas que al fin el hermano de Pepita ha decidido tomar el buen camino y parece que no sólo va a ser la honra de la familia, sino que se está convertido en un personaje. En tanto que no se sabía de él, parece que la suerte ha llamado a sus puertas. Se está convirtiendo en un hombre rico y respetado del lugar. Pepita está sorprendida del cambio que se ha operado en él.

Mis hijos han regresado de su viaje muy contentos y con el niño más hermoso que nunca.
Luis y Pepita están decididos a no volver a salir de aquí. Están enamorados como nunca el uno del otro. A pesar del gusto que sienten por los bienes materiales, no han perdido nada de sus sentimientos religiosos. La piedad de ambos cada día es más profunda y las buenas acciones que realizan en favor de los pobres satisfacen mucho el espíritu de los dos.
En medio de la felicidad que siente, Luis no olvida el ideal con que había soñado. Hay ocasiones en que la vida que lleva ahora le parece egoísta cuando la compara con la vida de sacrificio a la que se creyó llamado desde los primeros años de su juventud. Pepita trata de ayudarlo con su amor y entonces Luis comprende y afirma que el hombre puede servir a Dios en todo momento, cualquiera que sea su estado. Luis dice que se puede amar todas

las cosas de la tierra a través de Dios; así, él puede amar a Pepita y a su hijo, a la Naturaleza y a los hombres, como seres y cosas creadas por El, y amándolo todo y a todos, Luis se siente más cerca de Dios. Da gracias al Señor por el bien que les ha dado. La huerta de Pepita ha dejado de ser huerta y se ha convertido en un hermoso lugar lleno de flores.

El lugar donde comimos las fresas aquella tarde, que fue la segunda vez que Pepita y Luis se hablaron, lo han convertido en un bello refugio de enamorados. Dentro hay una gran sala con dos bellas pinturas que la adornan; una de ellas representa el amor dormido, que es el símbolo que domina aquella casa. Una copia hecha en mármol de la Venus de Médicis, que trajeron Pepita y Luis de su viaje, ocupa el lugar principal. En ella pueden verse en letras de oro, estas palabras de Lucrecio:

"Nec sine te quidquam dies in luminis oras
Exoritur, neque fit laetum, neque amabile quidquam".

EJERCICIOS DE CONVERSACION Y VOCABULARIO
SEGUNDA PARTE

—I—

1. ¿Por qué nadie en el lugar se extrañó de no ver a Pepita?
2. ¿Qué clase de vida llevaba ella después de haber quedado viuda?
3. ¿Por qué a nadie se le podía ocurrir que Pepita estuviera enamorada de Luis de Vargas?
4. ¿Cómo llamaban a Don Luis de Vargas?
5. ¿Quién era la única persona que conocía los amores de Pepita y Luis?
6. ¿Qué clase de mujer era Antoñona?
7. ¿Por qué Pepita no pudo ocultarle la verdad a su ama de llaves?
8. ¿Qué habría hecho Pepita si hubiera sabido que Antoñona visitaba a Luis?
9. ¿Cómo descubrió Antoñona el amor entre Pepita y Luis?
10. ¿Por qué Pepita no tuvo que confesarle la verdad a su ama de llaves?
11. Escriba las formas del Presente (primera persona del singular) de los siguientes verbos: hacer, encontrar, dar, aparecer, poder.
12. Escriba las formas del Futuro (primera persona del singular) de los siguientes verbos: decir, poner, venir, salir, poder.

—II—

1. ¿Cómo estaba vestida Pepita?
2. ¿A quién esperaba ella?
3. ¿Qué le dijo el Vicario a Pepita?
4. ¿Cuáles son los tres demonios que atormentan nuestras almas?
5. ¿Por qué Pepita cree que ella es una mala mujer?
6. ¿Qué dijo el Vicario al saber que Pepita estaba enamorada de Luis?
7. ¿Por qué ella culpó al Vicario?
8. ¿Cómo ve Pepita a Don Luis?

9. ¿Por qué el Vicario piensa que aún los jóvenes tienen tiempo de arrepentirse?
10. ¿Qué le prometió Pepita al Vicario?
11. Escriba las formas del Presente (primera persona del singular) de los siguientes verbos: traer, salir, tener, colgar, caer.
12. Escriba las formas del Pretérito o Pasado (primera persona del singular) de los siguientes verbos: pagar, llegar, entregar, jugar, sacar.

—III—

1. ¿Qué le ocurrió a Pepita al marcharse el Vicario?
2. ¿Quién entró en la habitación?
3. ¿Qué hizo Antoñona?
4. ¿Qué le contó Pepita al ama de llaves?
5. ¿Por qué Antoñona culpó a Don Luis?
6. ¿Qué le aconsejó Antoñona a su ama?
7. ¿Por qué Don Luis no quiso acompañar a su padre?
8. ¿Por qué sabemos que Luis estaba enamorado de Pepita?
9. ¿Qué razones poderosas tenía él para no querer amar a Pepita?
10. ¿Por qué pensaba él que no debía dejarse llevar por la tentación?
11. Escriba las formas del Presente (primera persona del singular) de los siguientes verbos: ir, ser poner, saber, querer.
12. Escriba las formas del Futuro (primera persona del singular) de los siguientes verbos: saber, haber, tener, hacer, querer.

—IV—

1. ¿Quién entró en la habitación de Don Luis?
2. ¿Qué pensaba Currito de su primo?
3. ¿Qué lugar visitaron?
4. ¿Quiénes se encontraban allí?
5. ¿Quién es el Conde de Genazahar?
6. ¿Por qué hablaba mal de Pepita?
7. ¿Por qué Luis se molestó al oir las palabras del conde?
8. ¿Cómo defendió a Pepita?
9. ¿Cómo se sintió Luis al llegar a su casa?
10. ¿Por qué Luis no contó a su padre lo ocurrido en el casino?

11. Escriba las formas del Presente (primera persona del singular) de los siguientes verbos: oír, venir, decir, coger dirigir.
12. Escriba las formas del Condicional (primera persona del singular) de los siguientes verbos: poder, saber, haber, salir, tener.

—V—

1. ¿A quién vió Don Luis en su habitación al volver la cabeza?
2. ¿Qué le preguntó Luis?
3. ¿Por qué ella le dijo que él era un mal hombre?
4. ¿Qué le contestó el joven?
5. ¿Qué le pidió Antoñona a Don Luis?
6. ¿Por qué Luis no quería ir a ver a Pepita?
7. ¿Qué pensaba Antoñona que haría su ama si el joven se marchaba sin verla?
8. ¿Qué decidió hacer el joven?
9. ¿Por qué Antoñona fue a ver a Luis?
10. ¿Por qué Luis se arrepintió de haber aceptado la invitación de Antoñona?
11. Escriba las formas del Pretérito o Pasado (primera persona del singular) de los siguientes verbos: poder, ser, estar, tener, andar.
12. Escriba las formas del Presente (primera persona del singular) de los siguientes verbos: conocer, contar volver, pensar, satisfacer.

—VI—

1. ¿Cuál era la esperanza de Luis de Vargas?
2. ¿Qué pensaba él decirle a Pepita?
3. ¿Por qué no quiso decirle nada a su padre?
4. ¿Por qué se marchó a la calle?
5. ¿Cómo era Don Luis?
6. ¿Hacia dónde se dirigió?
7. ¿Por qué sentía temor?
8. ¿Qué hizo al llegar al pueblo?
9. ¿Qué dijo Antoñona al verlo?
10. ¿Quién lo estaba esperando en la puerta?

11. Escriba las formas del Presente (primera persona del singular) de los siguientes verbos: sentir, valer, dormir, morir, seguir.
12. Escriba las formas del Condicional (primera persona del singular) de los siguientes verbos: poner, venir decir, hacer, querer.

—VII—

1. ¿Qué hizo Antoñona?
2. ¿Por qué el autor cree que este hecho ocurrió en la vida real?
3. ¿Cómo hubiera sido el encuentro de los jóvenes amantes si hubiera sido creado por la mente de un novelista?
4. ¿Quién logró reunir a los jóvenes?
5. ¿A qué hora le dijo Antoñona a Pepita que Luis vendría a verla?
6. ¿Cómo se sentía la muchacha?
7. ¿Qué hizo al saber que Luis venía a verla?
8. ¿Qué le pidió Pepita a la imagen del Niño Jesús?
9. ¿Por qué Pepita sintió temor?
10. ¿Cuándo se sintió tranquila?
11. Escriba las formas del Presente (primera persona del singular) de los siguientes verbos: cerrar, comenzar, confesar, entender, atender.
12. Escriba las formas del Pretérito o Pasado (tercera persona del singular) de los siguientes verbos: morir, vestir, reir, servir, mentir.

—VIII—

1. ¿Qué le dijo Pepita a Luis?
2. ¿Por qué éste se sentía confuso?
3. ¿Qué mensaje envió Pepita al padre de Luis?
4. ¿Cuál fue la causa de que Don Pedro no acompañara a su hijo?
5. ¿Qué le dijo Luis a Pepita?
6. ¿Qué comprendió ella en aquel momento?
7. ¿Qué pensó Pepita que le ocurriría a Luis al conocer a otras mujeres?

8. ¿Por qué creía ella que él iba a ser un mal sacerdote?
9. ¿Qué le respondió Luis?
10. ¿Cómo se imaginaba Luis a las mujeres?
11. Escriba las formas del Presente (primera persona del singular) de los siguientes verbos: recordar, mover, perder, jugar, preferir.
12. Escriba las formas del Pasado o Pretérito (primera persona del singular) de los siguientes verbos: ir, ver, dar, hacer, poner.

—IX—

1. ¿Qué le dijo Pepita a Luis?
2. ¿Por qué cree Luis que su imaginación es más rica que la Naturaleza?
3. ¿Por qué Pepita cree que el joven no la ama?
4. ¿Desde cuándo el joven ama a Pepita?
5. ¿Por qué piensa ella que Luis no debe resistir ese amor?
6. ¿Con qué soñaba Pepita?
7. ¿Qué le ha pedido ella a Dios?
8. ¿Por qué cree que no merece el amor de Luis?
9. ¿En qué forma Luis cree que ellos pueden amarse?
10. ¿Por qué Pepita no puede comprender esa clase de amor?
11. Escriba las formas del Presente (primera persona del singular) de los siguientes verbos: obedecer, ofrecer, agradecer, pertenecer, escoger.
12. Escriba las formas del Pretérito o Pasado (tercera persona del singular) de los siguientes verbos: dormir, sentir, repetir, preferir, pedir.

—X—

1. ¿Qué hizo Pepita cuando terminó de hablar?
2. ¿Qué sintió Luis en ese momento?
3. ¿Qué hizo el joven?
4. ¿Cómo se sintió Luis cuando apareció de nuevo?
5. ¿Qué le pidió Pepita?
6. ¿Qué hizo él?
7. ¿Por qué Luis pensó que no tenía verdadera vocación?
8. ¿Por qué Pepita se sintió feliz en ese momento?

9. ¿Qué le preguntó Luis a Antoñona?
10. ¿Qué le respondió ésta?
11. Escriba las formas del Presente (primera persona del singular) de los siguientes verbos: pedir, servir, repetir, vestir, conseguir.
12. Escriba las formas del Pretérito o Pasado (primera persona del singular) de los siguientes verbos: saber, traer, decir, querer, venir.

—XI—

1. ¿Por qué el autor pensó al principio que los Paralipómenos eran obra del Señor Deán?
2. ¿Por qué duda ahora que el Señor Deán fuera el autor?
3. ¿Por qué muchos afirman que el Señor Deán no escribió esta parte de la obra?
4. ¿Por qué el Deán ocultó su verdadero nombre?
5. ¿Qué hacían algunos poetas e historiadores antiguos?
6. ¿Qué cambio vió el Señor Deán en su sobrino?
7. ¿Por qué Luis lo confundió al principio?
8. ¿Qué hubiera ocurrido si no acude Pepita Jiménez?
9. ¿Qué piensa el Señor Deán que hay que hacer para ganar el cielo?
10. ¿Por qué él no culpa a Pepita?
11. Escriba el plural de las siguientes palabras: religión, nariz, pie, ilusión, luz.
12. Escriba los opuestos de las siguientes palabras: recordar, alejarse, breve, delante, bajar.

—XII—

1. ¿Qué pensaba Luis en medio de la calle?
2. ¿Por qué comparaba su vida con la de los santos?
3. ¿Qué dos cosas tenía que vencer?
4. ¿Por qué creía que el conde debía arrepentirse?
5. ¿A qué lugar se dirigió?
6. ¿Qué le dijo Luis al conde al llegar al lugar?
7. ¿Qué dijo el conde al ver que Luis había ganado el juego?
8. ¿Qué le pidió el conde a Luis?
9. ¿Por qué Luis no confió en la palabra del conde?

10. ¿Cuál fue el resultado del duelo entre ambos hombres?
11. Escriba los diminutivos de las siguientes palabras: libro, mujer, joven, voz, perro.
12. Escriba los opuestos de las siguientes palabras: paraíso, norte, jugar, ángel, dulce.

—XIII—

1. ¿Qué quería hacer Don Pedro de Vargas cuando vio a su hijo herido?
2. ¿Cuál creía Luis que era el primer deber que tenía que cumplir?
3. ¿Qué decidió hacer?
4. ¿Qué le respondió su padre?
5. ¿Por qué éste sabía toda la verdad?
6. ¿Quién le escribió a Don Pedro?
7. ¿Qué le aconsejaba el Deán a su hermano?
8. ¿Qué le contestó Don Pedro?
9. ¿Por qué no quería que su hijo fuera sacerdote?
10. ¿Qué hizo Luis al saber que su padre sabía toda la verdad?
11. Escriba los diminutivos de las siguientes palabras: rosa, lazo, rubio, paloma, pedazo.
12. Escriba los opuestos de las siguientes palabras: puro, atar, mayor, dar, falso.

—XIV—

1. ¿Cuándo tuvo lugar la boda de Pepita y Luis?
2. ¿Por qué el señor Deán sintió temor?
3. ¿Por qué se excusó de ir a la boda?
4. ¿Qué le envió a los novios?
5. ¿Quién casó a Pepita y a Luis?
6. ¿Cómo se sentía Pepita esa noche?
7. ¿Qué hizo Don Pedro?
8. ¿Qué le ocurrió a Currito?
9. ¿En qué forma regresó Luis a casa de Pepita?
10. ¿Por qué los amigos no quisieron molestar a los novios?
11. Escriba el plural de los siguientes nombres: región, sofá, voz, tradición, reloj.
12. Escriba los opuestos de las siguientes palabras: claro, comprar, tristeza, conocido, dormir.

—XV—

1. ¿Por qué el autor dió a conocer el Epílogo?
2. ¿Para qué sirve el Epílogo?
3. ¿Qué ocurrió con Antoñona?
4. ¿Por qué ella no quería regresar junto a su esposo?
5. ¿Qué hizo Currito?
6. ¿Qué le ocurrió al conde de Genazahar?
7. ¿Quién estuvo junto al Vicario hasta el momento de su muerte?
8. ¿Por qué Luis siente a veces cierta amargura en su corazón?
9. ¿Qué se supo del hermano de Pepita Jiménez?
10. ¿Por qué Luis no ha olvidado del todo el antiguo ideal de su vida?
11. Escriba los diminutivos de las siguientes palabras: amigo, cruz, viejo, camino, flor.
12. Escriba los opuestos de las siguientes palabras: reír, afirmar, calor, temprano, lejos.

VOCABULARIO

— A —

a, at, to
abandonar, to abandon, to leave
abismo, m., abyss
abrazar, to embrace, to hug
abrir, to open
abuelo, m., grandfather
acá, here
acabar, to finish, to end
academia, f., academy
acaso, perhaps
acceder, to accede, to agree
acción, f., plot, action
aceptar, to accept
acerca, about
acercarse, to approach
acompañar, to accompany, to go with
acordarse, to remember
acostumbrar, to accustom,
acostumbrarse, acostumbrarse a, to be used to, to become accustomed to, to get used to
actitud, f., attitude
acusar, to accuse
adelante, forward, ahead
además, besides
adiós, good-bye
admirar, to admire
adonde, where
¿adónde?, where?
adorar, to adore
adornar, to adorn, to ornament
adular, to adulate, to flatter
advertir, to warn
afecto, m., affection; *tener afecto*, to be attached to
afirmar, to affirm
agradable, agreeable, pleasant
agradar, to like, to please
agradecer, to thank, to be grateful
agua, m., water
agudo-a, acute, sharp
ahí, there
ahora, now; *ahora mismo*, right now
aire, m., air
al, to the
alabar, to praise
alcanzar, to reach
alegría, f., joy, happiness; *alegre*, merry; *alegrarse*, to rejoice, to be glad
alejado-a, distant, separated
alejarse, to go away, to move away
algo, something, anything
alguien, someone, somebody, anybody
alguno-a, some, any
alma, m., soul
altar, m., altar
alto-a, high, tall; *en voz alta*, aloud
allá, there
allí, there
ama, f., mistress; *ama de llaves*, housekeeper; *ama de casa*, housewife
amante, m., f., lover; fond
amar, to love
amargo-a, bitter
amargura, f., bitterness
ambiente, m., atmosphere
ambos, both
ameno-a, interesting
América, f., America
amigo-a, friend
amistad, f., friendship
amo, m., master, owner
amor, m., love
amoroso-a, loving, affectionate
amparar, to protect
amparo, protection
andaluz-a, Andalusian
andar, to walk
ángel, m., angel
animal, m., animal
anoche, last night
ante, antes de, before
anti, anti, signifying against
antiguamente, in older times

antiguo-a, ancient, old; former
anunciar, to announce
añadir, to add
año, m., year
apagar, to put out, to extinguish
aparecer, to appear, to come up
apenas, hardly
a pesar de, in spite of
apoderarse, apoderarse de, to seize, to take possession of
aprender, to learn
aprovechar, to take advantage
aquel-aquella-aquello, that, that one
aquellos, aquellas, those, those ones
aquí, here
árbol, m., tree
arder, to burn
arreglar, to fix, to arrange;
arreglárselas, to manage all right
arrepentir, to repent
arroyo, m., brook
arrojar, to throw
asegurar, to assure, to insure
así, thus so, like that, so
asistir, to attend, to be present
asomar, to stick out, to show
asunto, m., theme, subject
asustar, to frighten
atención, f., attention
atormentar, to torment, to torture
atraer, to attract
atrás, back, behind
atravesar, to cross
a través de, across
atreverse, to dare
aun, still, even
aún, yet, still
aunque, although, though
ausencia, f., absence
autor, m., author
avaricia, f., avarice
¡ay!, alas!, woe!
ayer, yesterday
ayudar, to help
azul, m., f., blue

— B —

bailar, to dance
bajar, to come down, to fall
bajo, low, below; *debajo de*, under
banca, f., banking
barco, m., ship
bastante, enough
bastón, m., cane, stick
batalla, f., battle
bautizar, to baptize, to christen
beber, to drink
belleza, f., beauty
bello-a, beautiful
bendición, f., blessing
besar, to kiss
bien, well, fine
blanco-a, white
boda, f., wedding
bondad, f., goodness, kindness
bonito-a, pretty
bosque, m., forest
boticario-a, druggist
brazo, m., arm
breve, brief, short
brillar, to shine, to glitter
bueno-a, good; *bueno*, well
burlarse, to mock, to make fun of
buscar, to search, to look for

— C —

caballero, m., nobleman, gentleman
cabello, m., hair
cabeza, f., head
cada, each, every
caer, to fall
calamina, f., calamine
calor, m., f., heat; *hacer calor*, (weather) to be warm;
tener calor, to feel warm
callar, to be silent
calle, f., street
cambio, m., change; *en cambio*, instead; *cambiar*, to change

caminar, to walk
camino, m., road, way
campanada, f., stroke of a bell
campesino, m., farmer
campo, m., field, country
cansar, to tire; cansarse, to get tired
cantar, to sing
capricho, m., caprice, whim
cara, f., face
carácter, m., character
cárcel, f., prison, jail
cargo, m., job, post, charge;
 hacerse cargo de, to take charge of;
 estar a cargo de, to be in charge of
caridad, f., charity
cariño, m., tenderness, love
Carlista, m., Carlist
carne, f., flesh, meat
carta, f., letter; playing card
casa, f., house, home
casarse, to get married
casi, almost
casino, m., casino
caso, m., case; hacer caso a, to mind;
 hacer caso de, to pay attention to
castigar, to punish
castigo, m., punishment
catedral, f., cathedral
causa, f., cause; a causa de, because of
causar, to cause
cazador, m., hunter, chaser
ceder, to give in
celo, m., zeal
celos, m., jealousy
censurar, to censure, to criticize
central, central
centro, m., center
cerca, near; cerca de, near to
cerca, f., fence
cerrar, to close, to shut
cesta, f., basket
ciego, m., blind
cielo, m., sky, heaven
cien, m., one hundred
ciencia, f., science

cierto-a, certain
cinco, m., five
cincuenta, fifty
citar, to make an appointment with; to name, to quote
ciudad, f., city, town
civil, civil
claro-a, clear, light
clase, f., class, kind, sort
clásico-a, classical
cocina, f., kitchen
coger, to catch, to take
colección, f., collection
colocar, to place, to locate
color, m., color
combinación, f., combination
comentar, to explain, to talk
comenzar, to begin, to start
comer, to eat
comida, f., meal, dinner
cometer, to commit, to perpetrate
como, as, like
cómo, how
compañero-a, companion, mate
compañía, f., company, accompaniment
comparar, to compare
compartir, to share
completar, to complete, to finish;
 completo-a, full, complete
comprar, to buy
comprender, to comprehend, to understand, to contain, to consist of
con, with
conceder, to concede, to admit
concreto-a, concrete
condición, f., condition
confesar, to confess
confiar, to trust
confusión, f., confusion
confuso-a, confused
conmigo, with me
conocer, to know, to be acquainted with, to meet
conocimiento, m., knowledge, understanding

conquistar, to conquer
conseguir, to get, to obtain
consejo, m., advice
considerar, to consider, to think over
consistir, consist
contar, to tell, to count
contemplar, to gaze, to contemplate
contento-a, happy, glad
contestación, f., answer, reply
contestar, to answer
contigo, with you
contra, against
contrario-a, contrary; *por el contrario*, on the contrary
conversación, f., conversation
convertir, to become, to turn; convertirse, to turn into
copia, f., copy
corazón, m., heart
coronar, to crown
correr, to run
corresponder, to correspond, to concern
cortar, to cut
cortesía, f., courtesy
corto-a, short
cosa, f., thing
costumbre, f., custom
Costumbrismo, m., (Lit.) description of the typical customs and life of a country or region
costumbrista, regional novelist
crear, to create; creación, f., creation
creer, to believe, to think
criado-a, servant
criatura, f., creature, child
crimen, m., crime
Cristo, m., Christ
crítico-a, critic
crónica, f., chronicle
cruel, cruel
cual, which; *cuál*, which, which one
cualquiera, any, anybody
cuando, when; *¿cuándo?*, when?
cuanto-a, so much, so many, as much; *¿cuánto?*, how much?;

¿cuántos?, how many?; *en cuanto*, as soon as
cuatro, m., four
cubrir, to cover
cuento, m., story, tale
cuerpo, m., body
cuidado, care; *tener cuidado*, to be careful
culpa, f., blame
cultivar, to cultivate
cultura, f., culture
cumplir, to perform, to fulfill; *cumplir una promesa*, to keep a promise
curar, to cure, to heal
cuyo-a, whose
chimenea, f., chimney
chocolate, m., chocolate

— D —

dar, to give; *darse cuenta*, to realize
de, of
Deán, m., dean
debajo, under
deber, must, owe; deber, m., duty
decepcionar, to disappoint
decidir, to decide
decir, to say, to tell
dedicar, to dedicate; *dedicarse a*, to engage in or to work at
defender, to defend; *defenderse*, to defend oneself
defensa, f., defense
dejar, to let, to leave
del, of the
delante, before
delgado-a, thin
demás, the rest, the others
demonio, m., demon, devil
dentro, within, inside; *por dentro*, inside
deporte, m., sport
derecho, m., right, straight; Derecho, m., Law

derribar, to demolish, to knock down, to overthrow
desaparecer, to disappear
desarrollar, to develop, to take place
desatar, to untie, to unravel
descansar, to rest
desconocido-a, unknown
describir, to describe
descubrir, to discover
desde, from, since; *desde entonces,* since then
desear, to wish, to want
desengaño, m., disappointment, disillusionment
deseo, m., wish, desire
desesperación, f., desperation, despair
desierto-a, deserted, *desierto,* m., desert
desnudo-a, bare, naked
despedir, to dismiss
despedirse, despedirse de, to take leave of, to say good-bye to
despertar-se, to awaken, to wake up
despreciar, to despise
después, after
destino, m., destiny
destrozar, to destroy
detener, to stop, to detain
deuda, debt
día, m., day
diente, m., tooth
diez, m., ten
diferencia, f., difference
difícil, difficult
digno-a, worthy, suitable; *digno de,* worthy of
dinero, m., money
Dios, m., God
diplomacia, f., diplomacy
dirección, f., direction
dirigirse, to direct oneself toward; *dirigirse a (hablar),* to address somebody
discurso, m., address, speech
disfrutar, to enjoy
disponer, to get ready
distinguir, to differentiate
distinto-a, different
distraer, to distract
divino-a, divine
doce, m., twelve
doctor, m., doctor
dolor, m., pain
dominar, to dominate
don, m., deferential title of respect
donde, where; *¿dónde?,* where?
doña, f., deferential title of respect
dormir, to sleep
dos, m., two
dudar, to doubt
dueño-a, m., f., owner, master
dulce, sweet; *dulce,* m., candy
dulzura, f., sweetness
durante, during
duro-a, hard, cruel

— E —

edad, f., age
educación, f., education
egoísta, m., f., selfish
ejemplo, m., example
el, the
él, él mismo, he,, he himself; *ella, ella misma,* she, she herself; *ello, ello mismo,* it, itself; *ellos, ellas ellos mismos, ellas mismas,* they they themselves
elegante, m., f., elegant
elemento, m., element
elevar, to raise, to elevate
embajador, ambassador
empeño, m., determination
en, in, at, into
enamorarse, to fall in love
encanto, m., charm, enchantment
encerrar, to contain, to lock up
encima, above, over
encontrar, to find; *encontrarse,* to meet
encuentro, m., encounter
enfermar, to fall ill

engañar, to deceive
enojar, to make angry, to anger
enseguida, right away
enseñar, to teach, to show
entender, to understand
enterarse, to find out, become informed of
entonces, then
entrar, to come in, to enter
entre, between, among
entregar, to give up, to deliver
enviar, to send
epílogo, m., epilogue
episodio, m., episode
epistolar, m., epistolary, letter form
época, f., age, time
equivocación, f., mistake
equivocarse, to be wrong; *equivocado-a*, wrong
escalera, f., staircase
escándalo, m., scandal
escapar, to escape
esclavo, m., slave
escoger, to choose, to select
esconder, to hide
escribano-a, clerk, notary
escribir, to write
escuchar, to listen
escuela, f., school
ese-a-o, that; *ése-a-o*, that one
esfuerzo, m., effort
espanto, m., fright
España, f., Spain
español-a, Spanish
espejo, m., mirror
esperanza, f., hope
esperar, to wait, to hope
espina, f., thorn
esposo, m., husband; *esposa*, f., wife
espuma, f., foam
establecer, to establish
establecimiento, m., establishment
estado, m., state, condition
estar, to be
estatura, f., height
este-a-o, this; *éste-a-o*, this one

estilo, m., style
estrechar, to narrow, to tighten
estrella, f., star
estudiar, to study
eterno-a, eternal
Europa, f., Europe
Evangelio, m., gospel
evolucionar, to develop, to evolve
excepción, f., excepcion
existir, to exist
éxito, m., success
explicar, to explain
extender, to extend
extranjero-a, foreign, foreigner
extraño-a, strange; *extraño*, m., stranger
extraordinario-a, extraordinary, unusual

— F —

fabricar, to make, to manufacture
fácil, easy; *fácilmente*, easily
facilidad, f., facility
falso-a, false
falta, f., fault
faltar, to be missing, to need
fama, f., fame, reputation
familia, f., family
famoso-a, famous
favor, m., favor; *por favor*, please
favorable, m., f., favorable
fe, f., faith
fecundidad, f., fecundity
felicidad, f., happiness, felicity
feliz, happy
feo-a, ugly
feria, fair
fiel, faithful
figura, f., figure
fin, m., end, purpose; *final*, m., final, end; *finalmente*, finally
firme, firm, strong
flor, f., flower
fondo, m., bottom; back, rear

forma, f., form, shape; *formar,* to form
formal, formal
francés-a, French
frecuencia, f., frequency
frente, m., front; *frente,* f., forehead; *en frente de,* in front of
fresa, f., strawberry
frío-a, cold, cool
fruto, m., fruit
fuera, outside; *por fuera de,* on the outside
fuego, m., fire
fuerte, strong
funeral, m., funeral
fundar, to found, to establish
futuro, m., future

— G —

ganar, to win, to earn
género, m., gender
gente, f., people
gigante, m., giant
gitano-a, gipsy
gloria, f., glory
golfo, m., gulf
golpear, to beat; *golpe de estado o golpe militar,* coup d'etat
gota, f., drop
gracia, f., grace, gracefulness, charm; joke, witticism
gracias, f., thanks
gran, grande, great, big, broad
grave, grave, serious; *gravemente,* seriously
griego-a, Greek
gritar, to cry out, to shout
grupo, m., group
guante, m., glove
guardar, to keep
guerra, f., war
guiar, to lead; *guía,* m., guide
gustar, to like, to please; *gusto,* m., pleasure

— H —

haber, to have
hábil, able, skillful, clever
habitación, f., room
habitante, m., inhabitant
hablar, to speak, to talk
hacer, to make, to do
hacia, toward, to
halago, m., flattery
hallar, to find
hasta, until, to
hay, there is, there are
hechizo, m., spell, charm; magic sorcery
heredero-a, heir
herir, to hurt, to injure
hermano, m., brother; *hermana,* f., sister
hermoso-a, beautiful
hermosura, f., beauty
héroe, m., hero
hiel, f., gall, bile
hijo, m., son; *hija,* f., daughter; *hijos,* children
hipócrita, m., hypocrite, hypocritic
historia, f., history
historiador-a, historian
histórico-a, historical
hogar, m., home; fireplace
hoja, f., leaf, sheet (of paper), blade
hombre, m., man; *hombre de bien* honest man
honor, m., honor
honrado-a, honest
honrar, to honor
hora, f., hour
hortelano-a, gardener
hoy, today
huella, f., footprint; trace, mark
huerta, f., garden
huir, to flee, to escape
humano-a, human
humilde, m., f., humble; poor

— I —

idea, f., idea
ideal, ideal
idilio, idyl
iglesia, f., church
igual, same, equal, like
ilusión, f., illusion, fancy
imagen, f., image
imaginar, to imagine
imaginario-a, imaginary
impedir, to impede
imponer, to impose
importante, important
importar, to matter, to be of importance; *importancia*, f., importance
imposible, impossible
impuro-a, impure
indicar, to point out, to indicate
infierno, m., hell, inferno
infinito-a, infinite
influencia, f., influence
ingeniero, m., engineer
ingratitud, f., ungratefulness
ingrato-a, ungrateful, ingrate
injusticia, f., injustice
inmóvil, motionless
innegable, undeniable
inocencia, f., innocence
inocente, innocent
inquieto-a, restless, uneasy
insistir, to insist
insulto, m., insult
inteligencia, f., intelligence
inteligente, intelligent
intención, f., intention
intentar, to try
interés, m., interest
interesar, to interest
interrumpir, to interrupt
intimidad, intimacy
invitar, to invite
ir, to go
isla, f., island

— J —

jefe, m., boss, chief
jinete, m., rider
joven, young, young person
joya, f., jewel
juego, m., game, play; set, match
juez, m., judge
jugar, to play, to gamble
junio, June
junto, together; *junto a*, next to, alongside of
jurar, to swear
justicia, f., justice
justo-a, just, right

— L —

la, las, los, the
laberinto, m., labyrinth
labio, m., lip
labor, f., labor, work
lado, m., side
ladrar, to bark
lágrima, f., tear
lanzar, to throw
lanzarse, to hurl oneself
largo-a, long
lástima, f., pity
latino-a, Latin
lavar, to wash
lazo, m., bond, tie, bow
le, lo, him, to him; *le la*, her, to her; *les, los*, them, to them
lección, f., lesson
leche, f., milk
lectura, f., reading
leer, to read
lejano-a, distant, remote
lejos, far
lengua, f., tongue, language
león, m., lion
letra, f., letter (of alphabet); handwriting
levantar, to raise; *levantarse*, to arise, to get up

ley, f., law; *Leyes*, Laws
libertad, f., liberty, freedom
libre, free
libro, m., book
limitar, to limit, to border on
limpio-a, clean
listo-a, ready
literario-a, literary
literatura, f., literature
loco-a, crazy, mad
locura, f., madness
lograr, to get, to obtain
lucha, f., fight, struggle
luchar, to fight
luego, later
lugar, m., place; *en lugar de*, instead of
luna, f., moon
luz, f., light

— LL —

llamar, to call
llegar, to arrive, to come to
lleno-a, full
llevar, to carry, to take, to use, to wear
llorar, to cry
llover, to rain

— M —

madre, f., mother
maestro, m., teacher
mal, m., evil, harm; *mal, malo-a*, bad, ill, wicked; *mal*, badly
maldito-a, damned, accursed
mancha, f., spot, freckle
mandar, to send, to give orders
manera, f., manner
manifestar, to manifest, to make manifest
mano, f., hand
manso-a, meek
mantener, to maintain, to keep
manto, m., mantle, cloak

mañana, f., morning; tomorrow
máquina, f., machine
mar, m., sea
maravilloso-a, wonderful, marvelous
marchar, to go, to move; *marcharse* to go away
mármol, m., marble
marzo, March
más, more; *el más*, the most; *mas*, but
matar, to kill; *matarse*, to kill oneself to wear oneself out
material, m., material
matrimonio, m., marriage
mayo, May
mayor, elder, larger
me, mí, me, to me; *mi*, my; *mío-a*, mine
medicina, f., medicine
médico, m., physician
medio-a, half; *en medio de*, in the middle of; *por medio de*, by means of
mejor, better; *el mejor*, the best
memoria, f., memory
mendigo, m., beggar
menor, less, lesser smaller; least, smallest, youngest
menos, minus, less
mensajero-a, messager
mensaje, m., message
mente, f., mind
mentir, to lie
mercader, m., merchant
merecer, to merit, to deserve
merecido-a, deserved
mes, m., month
mezclar, to mix
miedo, m., fear
miel, f., honey
mientras, while
mil, a thousand
milagro, m., miracle
militar, military
mina, f., mine
mineral, m., mineral

minero-a, miner, mining
minuto, m., minute
mirar, to look; *mirada*, f., look
misa, f., mass
miserable, miserable
miseria, f., poverty
mismo-a, same, self-same; *lo mismo*, itself
místico-a, mystic, mystical
moderno-a, modern
modo, manner; *de otro modo*, otherwise
momento, m., moment
monarquía, f., monarchy
moneda, f., coin
montaña, f., mountain
montar, to mount, to ride; *montar a caballo*, to ride a horse
monte, m., mountain
moral, moral; f., morals
moreno-a, brown
morir, to die
mostrar, to show
motivo, m., motive
mover, to move
movimiento, m., movement
muchacho, m., boy; *muchacha*, f., girl
mucho-a, much; *muchos-as*, many
muerte, f., death
muerto-a, dead
mujer, f., woman
mulo-a, mule
mundo, m., world
muy, very

— N —

nacer, to be born
nacimiento, m., birth
nación, f., nation, country
nacional, national
nada, nothing
nadie, nobody
nariz, f., nose
narración, f., narrative, story
narrar, to narrate

natural, natural
naturaleza, f., nature
Naturalismo, m., Naturalism
naturalista, naturalist
naufragio, m., shipwreck
necesario-a, necessary
necesitar, to need
negar, to deny
negro-a, black
ni, neither, nor; *ninguno-a*, none, neither
nieto-a, grandchild
nieve, f., snow
niño, m., boy; *niña*, f., girl
no, no, not
noble, noble, nobleman
noche, f., night
nombrar, to nominate, to name
nombre, m., name
norte, m., north
nos, nosotros, us, we
nota, f., note
notable, notable
noticia, f., notice, news
novela, f., novel
novelista, m., novelist
novio-a, sweetheart, bridegroom, bride
nuestro-a, our
nuevo-a, new, *de nuevo*, again
nunca, never

— O —

o, or
obedecer, to obey
obligar, to force, to obligate
obra, f., work
obtener, to obtain
ocasión, f., opportunity, occasion
ocultar, to hide
ocupar, to occupy; *ocupación*, f., occupation
ocurrir, to occur, to happen
ochenta, eighty
ocho, eight

odiar, to hate
odio, m., hate
ofender, to offend
ofensa, f., offense
oficina, f., office
ofrecer, to offer
¡oh!, oh!
oir, to hear
¡ojalá!, God grant, Heaven grant
ojo, m., eye
olvidar, to forget
operación, f., operation
operar, to operate
opinar, to opine, to hold or express an opinion
opinión, f., opinion
oportunidad, f., opportunity
oración, f., prayer; sentence (gram.)
ordenar, to order
orgullo, m., pride
orgulloso-a, proud
origen, m., origin
oro, m., gold; *de oro, dorado-a*, golden
oscuridad, f., darkness
oscuro-a, dark
otro-a, other, another; *otra vez*, again

— P —

padre, m., father
pagar, to pay
país, m., country, land
palabra, f., word
palacio, m., palace
paloma, f., pigeon, dove
pan, m., bread
par, m., pair
papel, m., paper
para, for, in order to
paraíso, m., eden, paradise
parecer, to seem
parte, f., part
partir, to leave
pasar, to pass, to happen; *pasar*, to spend (time)

pasear, to walk; *paseo*, m., walk
pasión, f., passion
paso, m., step
patio, m., yard, court
patria, f., native country, motherland
pecado, m., sin
pecador-a, sinner
pecho, m., chest, breast, bosom
pedazo, m., piece, bit
pedir, to ask
peligro, m., danger; *peligroso-a* dangerous
penitencia, f., penitence
pensamiento, m., thought
pensar, to think
peor, worse; *el peor*, worst
pequeño-a, small, little; *el más pequeño*, youngest
percibir, to perceive
perder, to lose
perdón, m., pardon, forgiveness
perdonar, to forgive, to pardon
perfección, f., perfection
perfectamente, perfectly
perfecto-a, perfect
periódico, m., newspaper; periodical
periodista, journalist
permanecer, to remain, to stay
permiso, m., permit
permitir, to permit
pero, but
perpetuo-a, perpetual
perro, m., dog
persona, f., person
personaje, m., personage, character
pertenecer, to belong; *perteneciente a*, belonging to
peso, m., monetary unit; weight
pie, m., foot; *a pie*, on foot; *estar de pie*, to be standing
piedad, f., pity
piedra, f., stone
pintura, f., painting
piso, floor
placer, f., pleasure
plata, f., silver

131

plegaria, f., prayer
pleno-a, full
pobre, poor
pobreza, f., poverty
poco-a, little; *pocos-as,* few
poder, to be able, may, can; *poder,* m., power
poderío, m., might, power
poderoso-a, powerful
poesía, f., poem, poetry
político-a, political, politician
poner, to put; *ponerse el sol,* to set (the sun); *ponerse de pie,* to stand up
por, for, by
porque, because; *¿por qué?,* why?
portarse, to behave
posible, possible
posición, f., position
pozo, m., well, pit
precio, m., price
predominar, to predominate
preferir, to prefer
preguntar, to ask, to question
premio, m., reward
preocupar, to preoccupy; *preocuparse,* to worry
preparar, to prepare, make ready
prepararse, to get ready
presentar, to show, to present
presente, present
presente, m., present, gift
prestar, to lend
pretender, to pretend, to claim
pretexto, m., pretext
primero-a, first
primo-a, cousin
principal, principal, main
principalmente, principally
principio, m., beginning
problema, m., trouble, problem
proclamación, f., proclamation
producción, f., production
producir, to cause, to produce
profundo-a, deep, profound
prohibir, to forbid, to prohibit

prólogo, m., prologue, preface
promesa, f., promise
prometer, to promise
pronto, soon
propio-a, own, one's own
proponer, to propose
protagonista, m., f., protagonist, performer
provincia, f., province
prueba, f., proof, test
psicológico-a, psychological
pueblo, m., town
puerta, f., door
puerto, m., port, harbor
pues, then, well, because
punto, m., point, place; *estar a punto de,* to be about to
puñal, m., dagger
puñalada, f., stab
pureza, f., purity
puro-a, pure, clear

— Q —

que, who, whom, which, that; *¿qué?,* what?
quedar, to stay; *quedarse,* to remain
querer, to want, to love
querido-a, dear
quien, who, whom; *¿quién?,* who? whom?; *¿de quién?,* whose?
quitar, to deprive, to take off
quizás, perhaps, maybe

— R —

rama, f., branch
rapidez, f., rapidity, speed
rápido-a, rapid, quick; *rápidamente,* quickly
raptar, to abduct; *rapto,* abduction
rato, m., while, moment; *a ratos,* occasionally
rayo, m., beam; *rayo de sol,* sunbeam
razón, f., reason
reacción, f., reaction

real, real, royal; *real,* m., dime
realidad, f., reality
Realismo, m., Realism
rebelarse, to rebel
rebeldía, f., rebelliousness
rechazar, to refuse, to reject
recibir, to receive
recobrar, to recover, to regain
reconocer, to recognize
recordar, to remember
referir, to refer
refugio, m., shelter
regalo, m., present, gift
región, f., region, country
regional, regional
regresar, to return, to come back
regreso, m., return
reinado, m., reign
reir, to laugh
relación, f., relation
religión, f., religion
religioso-a, religious
reloj, m., clock, watch
rendido-a, exhausted
renunciar, to renounce, to resign
repetir, to repeat
representar, f., to represent
república, f., republic
resistir, to resist
respetar, to respect
responder, to answer
responder por, to be responsible for
restaurar, to restore
resto, m., remainder, rest
resultado, m., result, product
retirar, to withdraw
retirarse, to leave
retratar, to portray, to photograph
reunir-se, to gather together, to get together
revolución, f., revolution
rey, m., king; *reina,* f., queen
rezar, to pray
rico-a, rich
rienda, f., briddle
rigor, m., rigor

río, m., river
rival, m., rival
robar, to rob
rodar, to roll
rodear, to surround, to encircle
rogar, to pray, to beg
rojo-a, red
Romanticismo, m., Romantic Period
romper, to break
ropa, f., clothes
rosa, f., rose
rubio-a, blond, blonde
rudo-a, rough
ruido, m., noise

— S —

saber, to know
sabio-a, wise
sable, m., saber
sacar, to take out
sacrificio, m., sacrifice
sagrado-a, sacred
salir, to leave, to go out
saltar, to jump
salvaje, wild, savage
salvar, to save
sangre, f., blood
satisfacer, to satisfy
se, to him, to her, to them; yourself, himself, herself, themselves;
secreto-a, secret
seguir, to follow, to continue
según, depending on, according to, as per, as
segundo-a, second
seguro, sure, safe
seis, m., six
Seminario, m., seminary
seminarista, m., seminarist
sencillo-a, simple
sensación, f., sensation
sentarse, to sit down
sentido, m., sense
sentir, to feel, to hear;
sentimiento, m., feeling

señalar, to signal, to indicate
señor, m., sir, master, mister; *señora,* f., lady, madam, Mrs.
señorito, m., young man; *señorita,* f., young lady, Miss
separar, to separate
sepulcro, m., grave, tomb
ser, to be; *ser,* m., being
sereno-a, serene; *sereno,* m., night watchman
sermón, m., sermon
servir, to serve, to be useful
si, if; *sí,* yes; indeed; (os object of prepositions) himself, herself, itself, themselves, yourself, yourselves, oneself
siempre, always; *para siempre,* forever
siglo, m., century
siguiente, following; *al día siguiente,* next day
silencio, m., silence
silicato, m., silicate
símbolo, m., symbol
simpatía, f., sympathy
sin, without
sinceridad, f., sincerity
sino, but, except
situación, f., state, situation
situar, to site, to place
sobre, upon, above, about; *sobre todo,* above all
sobrino, m., nephew; *sobrina,* f., niece
social, social
sociedad, f., society
sofá, m., sofa
sol, m., sun
soledad, f., loneliness
solitario-a, solitary
solo-a, alone
sólo, solamente, only
soltar, to let loose, to let free
sombra, f., shadow, shade
someter, to submit
sonreir, to smile

soñar, to dream
sorprender, to surprise; *sorpresa,* f., surprise
sospechar, to suspect
su, your, his, her, its, their; *suyo-a,* yours, his, hers, theirs
subir, to go up
suceder, to happen
suelo, m., floor, ground
sueño, m., dream, sleepiness; *tener sueño,* to be sleepy
sufrimiento, suffering
sufrir, to suffer
suntuoso-a, sumptuous
supremo-a, supreme
sur, m., south
surgir, to come out, to arise
sustituir, to substitute

— T —

tal, such, so as
también, also
tampoco, either, neither
tan, so much; *tanto,* as much, so much
tardar, to be long; to be late
tarde, late; *tarde,* f., evening
te, tí, you, to you; yourself, to yourself
temer, to be afraid, to fear
temor, m., fear, dread
tempestad, f., storm, tempest
tempestuoso-a, stormy, tempestuous
templo, m., temple
temprano, early
tendencia, f., tendency
tener, to have
tentación, f., temptation
teñir, to dye
tercero-a, third
terminar, to finish, to end
ternura, f., tenderness
terrible, terrible
terror, m., terror
tía, f., aunt

tiempo, m., time, weather
tierno-a, tender
tierra, f., land, earth
tinieblas, f., pl., darkness
tío, m., uncle; *tía*, f., aunt
tocar, to feel, to touch
todavía, yet, still
todo-a, all, whole; *todos*, everybody
tomar, to take, to get, to drink
tontería, f., foolishness
tonto-a, fool, foolish
tortuoso-a, winding, tortuous
trabajar, to work
trabajo, m., work, hardship, job
traducción, f., translation
traer, to bring
traicionar, to betray
traje, m., suit
trampa, f., trap
tranquilidad, f., tranquillity
tranquilo-a, quiet, calm;
 tranquilamente, quietly
tras, after, behind, beyond
tratar, to handle, to treat
trato, m., treatment
treinta, thirty
tres, three
triste, sad
tristeza, f., sadness
triunfo, m., triumph
trono, m., throne
trovador, m., minstrel, troubadour
tú, you; *tú mismo*, yourself
túnel, m., tunnel
turista, m., tourist
tuyo, a, yours

— U —

último-a, last; *por último*, at last
único-a, only
unir, to unite
uno-a, one; *un*, a
usar, to use, to wear
usted, you
útil, useful; *útiles*, m., (plural) tools

— V —

vagar, to loiter about, to roam, to wander
valer, to be worth, to amount to
valerse, to make use of, to take advantage of
valor, m., courage, value, worth
varios-varias, several, various
vaso, m., glass
¡vaya!, indeed
veinte, m., twenty
velada, f.; vigil, watch; evening party, soiree
vencer, to conquer
vender, to sell
vengar, to avenge
venir, to come
ver, to see
verdad, f., truth
verdadero-a, true, real
verde, m., f., green
vestido, m., dress, clothing
vestir, to dress
vez, f., time; *dos veces*, twice;
 a veces, sometimes; *otra vez*, again
viajar, to travel
viaje, m., travel, journey, trip
viajero-a, traveler
Vicario, m., vicar
vida, f., life
virgen, f., virgin
virtud, f., virtue
visitar, to visit
víspera, f., eve, day before
vista, f., sight, vision, the sense of seeing
viudo-a, widowed; widower, widow
vivir, to live; *dar vivas*, cheer
vocabulario, m., vocabulary
vocación, f., vocation
voluntad, f., will
volver, to come back, to become, to turn
voz, f., voice

— Y —

y, and
ya, already, now; *ya* que, since, inasmuch as
yo, I; *yo mismo,* myself

— Z —

zapato, m., shoe
zinc, m., zinc

BE SURE TO READ the other important titles in this series of simplified and adapted Readers. All are well-known Spanish Classics.

- **FUENTEOVEJUNA**
- **MARIANELA**
- **PEPITA JIMENEZ**
- **EL SOMBRERO DE TRES PICOS**